T0349412

ENCUÉNTRA
ME

ABRE LOS OJOS.

ENCUÉNTRAME

TAHEREH MAFI

Traducción de Xavier Beltrán

Argentina – Chile – Colombia – España
Estados Unidos – México – Perú – Uruguay

Título original: *Find Me*
Editor original: HarperCollins
Traducción: Xavier Beltrán

1.ª edición: agosto 2024

Reservados todos los derechos. Queda rigurosamente prohibida, sin la autorización escrita de los titulares del *copyright*, bajo las sanciones establecidas en las leyes, la reproducción parcial o total de esta obra por cualquier medio o procedimiento, incluidos la reprografía y el tratamiento informático, así como la distribución de ejemplares mediante alquiler o préstamo públicos.

Copyright © 2019 by Tahereh Mafi
All Rights Reserved
© de la traducción 2024 *by* Xavier Beltrán
© 2024 by Urano World Spain, S.A.U.
Plaza de los Reyes Magos 8, piso 1.° C y D – 28007 Madrid
www.mundopuck.com

ISBN: 978-84-19252-86-9
E-ISBN: 978-84-10159-72-3
Depósito legal: M-14.893-2024

Fotocomposición: Urano World Spain, S.A.U.
Impreso por: Rodesa, S.A. – Polígono Industrial San Miguel
Parcelas E7-E8 – 31132 Villatuerta (Navarra)

Impreso en España – *Printed in Spain*

OCÚLTAME

UNO

Cuando suena la alarma, ya estoy despierto, pero todavía no he abierto los ojos. Estoy demasiado cansado. Tengo los músculos agarrotados, doloridos aún de la intensa sesión de entrenamiento de hace dos días, y noto el cuerpo pesado. Muerto.

Me duele el cerebro.

La alarma es estridente y persistente. La ignoro. Estiro los músculos del cuello y suelto un gruñido bajo. El reloj no deja de chillar. Alguien golpea con fuerza la pared cerca de mi cabeza, y oigo la voz amortiguada de Adam, que me grita que apague la alarma.

—Cada mañana —vocifera—. Cada mañana la misma historia. Te lo juro por Dios, Kenji, un día de estos voy a entrar ahí y destruiré esa cosa.

—Ya va —balbuceo, mayormente para mí—. Ya va. Cálmate.

—¡Que la apagues!

Tomo una bocanada de aire profunda e irregular. Golpeo a ciegas el reloj hasta que deja de retumbar. Al fin nos hemos hecho con nuestras propias habitaciones en la base, pero todavía soy incapaz de encontrar paz. O intimidad. Estas paredes están hechas de papel, y Adam no ha cambiado ni un ápice. Sigue siendo un cascarrabias. No tiene sentido del humor. Por lo general, está irritado. A veces no consigo acordarme de por qué somos amigos.

Con algo de esfuerzo, consigo arrastrarme hasta incorporarme. Me froto los ojos mientras hago una lista mental de todas las cosas que tengo que hacer hoy y luego me viene en un torrente repentino y horrible…

Recuerdo lo que ocurrió ayer.

Dios.

Tanto drama en un solo día que apenas consigo encajar las piezas.

Por lo visto, Juliette tiene una hermana con la que perdió el contacto hace mucho. Por lo visto, Warner torturó a la hermana de Juliette. Warner y Juliette rompieron. Juliette se marchó corriendo y gritando. Warner tuvo un ataque de pánico. La exnovia de Warner apareció. Su exnovio le propinó un bofetón. Juliette se emborrachó. No, espera… J. se emborrachó y se rapó la cabeza. Y luego vi a Juliette en ropa interior, una imagen que todavía estoy intentando eliminar de mi mente… Y luego, como si todo esto no fuera lo bastante fuerte, después de la cena de anoche hice algo muy muy estúpido.

Apoyo la cabeza en las manos y me odio a mí mismo al recordarlo. Una oleada nueva de vergüenza me golpea con fuerza, y vuelvo a respirar hondo. Me obligo a levantar la vista. A despejar los pensamientos.

No todo es terrible.

Ahora tengo mi propia habitación, una pequeña, pero es solo para mí y tiene una ventana y vistas a unas instalaciones industriales. Hay un escritorio. Una cama. Un armario básico. Todavía tengo que compartir el baño con algunos de los otros chicos, pero no me puedo quejar. Una habitación privada es un lujo que hace tiempo que no tengo. Es agradable disponer de un espacio al final del día en el que estar solo con mis pensamientos. Un lugar en el que colgar la expresión feliz que me obligo a ponerme incluso cuando tengo un día de mierda.

Estoy agradecido.

Estoy exhausto, sobrepasado y estresado, pero estoy agradecido.

Me obligo a decirlo en voz alta. «Estoy agradecido». Me tomo unos instantes para sentirlo. Para asimilarlo. Me obligo a sonreír, a aflojar la tirantez en mi rostro, que de otra manera se volvería con demasiada facilidad una expresión de ira. Susurro un agradecimiento rápido a lo desconocido, al aire, a los fantasmas solitarios que escuchan a hurtadillas mis conversaciones privadas con nadie. Tengo un techo sobre la cabeza y ropa puesta y comida que me espera cada mañana. Tengo amigos, una familia improvisada. Soy solitario, pero no estoy solo. Mi cuerpo funciona, mi cerebro funciona, estoy vivo. Es una buena vida. Debo hacer un esfuerzo consciente para tenerlo presente. Para cada día escoger ser feliz. De lo contrario, creo que mi propio olor me habría matado hace mucho tiempo.

«Estoy agradecido».

Alguien llama a mi puerta, dos golpes secos, y me pongo de pie de un salto, sorprendido. Esos golpes son inusualmente formales; la mayoría de nosotros ni siquiera se molesta en ser tan educado.

Me pongo un par de pantalones deportivos y abro la puerta con indecisión.

Warner.

Pongo los ojos como platos y lo miro de arriba abajo. Creo que nunca antes ha aparecido delante de mi puerta, y no consigo decidir qué es más raro: el hecho de que esté aquí o el hecho de que tenga un aspecto tan normal. Bueno, normal siendo Warner. Tiene el mismo aspecto de siempre. Brillante. Pulido. Extrañamente calmado y sereno para alguien cuya novia lo dejó ayer. Jamás dirás que se trata del mismo tipo que, posteriormente, me encontré echado sobre el suelo bajo los efectos de un ataque de pánico.

—Mmm, ey. —Me aclaro el sueño de la garganta—. ¿Qué pasa?

—¿Te acabas de despertar? —me pregunta, mirándome como si yo fuera un insecto.

—Son las seis de la mañana. Todo el mundo en esta ala se despierta a las seis de la mañana. No tienes por qué aparentar tanta decepción.

Warner mira por encima de mi hombro hacia mi habitación y, durante unos segundos, permanece callado. Luego, añade en voz baja:

—Kishimoto, si debiera tener en cuenta los estándares mediocres de la gente para medir mis propios logros, nunca habría llegado a nada. —Levanta la vista, y nuestras miradas se cruzan—. Deberías exigirte más a ti mismo. Eres completamente capaz.

—¿Estás...? —Pestañeo, aturdido—. Perdona, pero ¿eso ha sido lo que tú consideras un cumplido?

Se me queda mirando con el rostro impertérrito.

—Vístete.

—¿Me vas a llevar a desayunar? —Arqueo las cejas.

—Tenemos tres invitados inesperados. Acaban de llegar.

—Ah. —Doy un paso atrás, inconscientemente—. Mierda.

—Exacto.

—¿Más hijos de los comandantes supremos?

Warner asiente.

—¿Son peligrosos? —le pregunto.

Por poco Warner esboza una sonrisa, pero parece triste.

—¿Acaso estarían aquí si no lo fueran?

—Cierto. —Suspiro—. Bien visto.

—Reúnete conmigo en el piso de abajo dentro de cinco minutos y te pondré al día.

—¿Cinco minutos? —Abro mucho los ojos—. Ah, no, no puedo. Tengo que darme una ducha. Ni siquiera he comido nada desde...

—Si te hubieras levantado a las tres, habrías tenido tiempo para todo eso y más.

—¿A las tres de la mañana? —Me lo quedo mirando boquiabierto—. ¿Has perdido la cabeza?

Y cuando me responde sin un deje de ironía:

—No más de lo habitual.

... Veo claro como el agua que este tipo no está bien.

Suelto un largo suspiro y me doy la vuelta, odiándome por darme cuenta siempre de este tipo de cosas, y odiándome todavía más por mi necesidad constante de investigar. No puedo remediarlo.

Castle me lo dijo una vez cuando era pequeño: me recriminó que yo fuera inusualmente compasivo. Nunca pensé en eso de esa manera —con palabras, con una explicación— hasta que él me lo verbalizó. Siempre detestaba eso de mí mismo, el no poder ser más duro. Detestaba haber llorado desconsoladamente la primera vez que vi un pájaro muerto. O llevar a casa todos los animales callejeros que encontraba, hasta que Castle me dijo que debía parar, que no teníamos los recursos para cuidarlos a todos. Tenía doce años. Me obligó a soltarlos, y lloré durante una semana. Odiaba haber llorado. Odiaba no poder evitarlo. Todo el mundo piensa que me tiene que importar una mierda, que debería traerme sin cuidado, pero me importa. Siempre me importa.

Y este idiota también me importa.

Así que respiro entre dientes y le pregunto:

—Oye, colega... ¿Estás bien?

—Estoy bien. —Su respuesta es rápida y fría.

Podría dejarlo correr.

Me está ofreciendo una salida. Debería aceptarla. Debería aceptarla y hacer ver que no me doy cuenta de la tensión de su mandíbula ni lo rojos e hinchados que tiene los ojos. Tengo mis propios problemas, mis propias cargas, mi propio dolor y frustración, y, además, nadie me pregunta qué tal me ha ido el día. Nadie se inquieta por mí, nadie ni siquiera se molesta en asomarse por debajo de la superficie de mi sonrisa. Así que ¿por qué debería importarme?

No debería.

«Déjalo correr», me digo a mí mismo.

Abro la boca para cambiar de tema. Abro la boca para seguir adelante, pero al final me oigo decir:

—Venga ya, hombre. Los dos sabemos que eso es una puta trola.

Warner desvía la mirada. Le palpita una vena en la mandíbula.

—Ayer pasaste un día duro —insisto—. No pasa nada por tener una mañana complicada.

—Llevo bastante rato levantado —me confiesa después de hacer una larga pausa.

Suelto un bufido. No es lo que me esperaba.

—Lo siento. Lo entiendo.

Levanta la mirada. La cruza con la mía.

—¿De veras?

—Sí. De verdad.

—Pues yo creo que no. De hecho, espero que no. No me gustaría que supieras cómo me siento ahora. No te lo desearía por nada del mundo.

Eso me golpea con más fuerza de lo que esperaba. Durante unos segundos, no sé qué decir.

Decido observar el suelo.

—¿La has visto ya? —le pregunto.

Y entonces, en voz tan baja que casi no la oigo…

—No.

Mierda. Este chico me está rompiendo el corazón.

—No sientas pena por mí —me ordena, con los ojos centelleantes cuando mira a los míos.

—¿Qué? Yo no… No…

—Vístete —me interrumpe Warner—. Te veré abajo.

Pestañeo, aturdido.

—Muy bien. Claro. Sí.

Y, dicho esto, desaparece.

DOS

Me quedo en el umbral de la puerta durante un minuto, pasándome las manos por el pelo e intentando convencerme de moverme. Me ha sobrevenido un dolor de cabeza repentino. De algún modo, me he convertido en un imán para el dolor. Para el dolor de los demás. Para mi propio dolor. La cosa es que no tengo a nadie más a quien culpar que no sea a mí mismo. Me formulo las preguntas sobre los motivos que me han llevado aquí. Me preocupo demasiado por los demás. Hago míos sus problemas cuando no debería, y solo parece que recibo mierda a cambio.

Niego con la cabeza y, después, me encojo.

Lo único que Warner y yo parecemos tener en común es que a los dos nos gusta descargar energía en el gimnasio. El otro día me puse demasiado peso y no hice estiramientos al acabar… Y ahora lo estoy pagando. Apenas puedo levantar los brazos.

Respiro hondo y arqueo la espalda. Estiro el cuello. Intento aliviar las contracturas del hombro.

Oigo que alguien silba en el pasillo y levanto la vista. Lily me guiña un ojo de una manera descarada y exagerada, y pongo los ojos en blanco. Me gustaría mucho sentirme halagado, porque no soy lo bastante modesto como para negar que tengo un cuerpo atractivo, pero a Lily no le podría importar menos. De hecho, se mofa de mí casi cada mañana por andar por ahí sin camiseta. Ella e Ian. Juntos. Los dos llevan un par de meses saliendo en secreto.

—Qué buen aspecto, compañero. —Ian sonríe—. ¿Eso es sudor o aceite para bebé? Brillas mucho.

Le regalo mi dedo corazón.

—Y ese bóxer morado te sienta de maravilla —añade Lily—. Buena elección. Combina con tu tono de piel.

Le dedico una mirada incrédula. Puede que no lleve puesta la camisa, pero estoy seguro —bajo la vista— de que tengo puestos los pantalones. Mi ropa interior no está a la vista.

—¿Cómo puedes saber el color de mi bóxer?

—Memoria fotográfica —responde, dándose toquecitos con el dedo en la sien.

—Lil, eso no significa que tengas visión de rayos equis.

—¿Llevas ropa interior morada? —La voz de Winston, así como un distintivo olorcillo a café, llega desde el final del pasillo—. Muy acertado.

—Venga, os podéis ir todos a la mierda.

—¡Eh! Vaya... Creía que no tenías permitido decir palabrotas. —Winston aparece ante nosotros, sus botas resuenan en el suelo de hormigón. Está intentando reprimir una risa al añadir—: Creía que Castle y tú habíais llegado a un acuerdo.

—Eso no es verdad —protesto mientras lo señalo—. Castle y yo acordamos que podía decir *mierda* tanto como quisiera.

Winston arquea las cejas.

—De todos modos —musité—, Castle no está aquí ahora, ¿verdad? Así que me reafirmo en lo que os he dicho. Os podéis ir a la mierda.

Winston se ríe, Ian niega con la cabeza y Lily hace ver que está ofendida, y de pronto...

—Pues ahora sí que estoy aquí, y lo he oído —grita Castle desde su despacho.

Pongo una mueca.

Cuando era adolescente, solía decir muchísimas palabrotas—muchas más que ahora—, y eso molestaba mucho a Castle. Me decía que le preocupaba que nunca pudiera encontrar una manera de articular mis emociones sin mostrar rabia. Quería que hablara más lento, que usara palabras específicas para describir cómo me estaba sintiendo en vez de gritar obscenidades enfadado. Me pareció que lo preocupaba tanto que accedí a bajar el tono de mi lenguaje. Hice esa promesa hace cuatro años, y, aunque quiero mucho a Castle, a menudo me arrepiento.

—¿Kenji? —Vuelve a ser Castle. Sé que espera que me disculpe.

Me asomo por el pasillo y localizo su puerta abierta. Estamos todos apretujados los unos con los otros, incluso en las nuevas instalaciones. Básicamente, Warner tuvo que reinventar esta planta, y le llevó mucho trabajo y sacrificio, así que, una vez más, no me quejo.

Pero aun así...

Es difícil no sentirse molesto por la abrumante falta de intimidad.

—Culpa mía —le grito.

Puedo oír el suspiro de Castle, incluso desde la otra punta del pasillo.

—Una enternecedora muestra de remordimientos —apunta Winston.

—Muy bien, se ha acabado el espectáculo. —Los despido a todos con un gesto del brazo—. Tengo que irme a la ducha.

—Y que lo digas —dice Ian arqueando una ceja.

Niego con la cabeza, exasperado.

—No me puedo creer que os tenga que aguantar, so idiotas.

Ian se ríe.

—Sabes que me estoy metiendo contigo, ¿verdad? —Cuando no respondo, continúa—: De verdad que tienes buen aspecto. Deberíamos ir luego al gimnasio. Necesito que alguien sea testigo.

Asiento, solo un poco apaciguado, y balbuceo una despedida. Vuelvo a mi habitación para agarrar la cesta de la ducha, pero Winston me sigue al interior y se apoya en el quicio de la puerta. Solo entonces me doy cuenta de que sostiene en la mano un vaso de papel para llevar.

—¿Eso es café? —Se me iluminan los ojos.

Winston se aleja de la puerta, aterrorizado.

—Es mi café.

—Pásamelo.

—¿Qué? No.

Lo miro con los ojos entrecerrados.

—¿Por qué no vas a buscar uno tú? —me pregunta subiéndose las gafas por el puente de la nariz—. Solo es mi segunda taza. Ya sabes que me hacen falta como mínimo tres antes de que pueda estar medio despierto.

—Ya, bueno, es que tengo que estar abajo dentro de cinco minutos o Warner me va a matar y todavía no he tomado nada de desayuno y ya me noto cansado y de verdad...

—Vale. —El semblante de Winston se ensombrece cuando me pasa el vaso—. Monstruo asqueroso.

Lo acepto.

—Soy una joya preciosa.

Winston masculla algo infame entre dientes.

—Eh... —Tomo un sorbo del café—. Por cierto... ¿Al final tú...? Mmm...

El cuello de Winston se ruboriza de golpe. Me evita la mirada.

—No.

Sostengo en algo la mano que me queda libre.

—Ey, ningún tipo de presión. Solo me lo preguntaba.

—Sigo esperando a que sea el momento adecuado —me indica.

—Guay. Claro. Estoy contento por ti, nada más.

Winston levanta la vista. Me dedica una sonrisa tímida.

Winston lleva mucho tiempo enamorado de Brendan, pero yo soy el único que lo sabe. Winston jamás pensó que Brendan pudiera estar interesado porque que nosotros supiéramos solo había salido con mujeres, pero unos meses atrás Brendan tuvo una conexión, breve, con otro tipo del Punto Omega, y fue entonces cuando Winston se sinceró conmigo sobre todo ese asunto. Me pidió que no le dijera nada a nadie, me comentó que quería ser él quien lo contara cuando sintiera que era el momento, y desde entonces ha estado intentando reunir el valor para decirle algo a Brendan. El problema es que Winston cree que es un poco mayor para él y está preocupado de que si lo rechaza eso pueda arruinar su amistad. Así que ha estado esperando a que llegue el momento adecuado.

Le doy una palmada en el hombro.

—Me alegro por ti, colega.

Winston suelta una risa nerviosa y jadeante que no le pega para nada.

—No estés tan feliz todavía —me dice. Acto seguido, menea la cabeza como para despejarla—. En fin, disfruta del café. Voy a tener que ir a por otro.

Levanto el vaso de café en un gesto que significa a la vez «gracias» y «adiós», y, cuando me giro para recoger mis cosas con la intención de darme una ducha rápida, la sonrisa se me esfuma. No puedo evitar que me recuerden, a todas horas, mi propia soledad.

Apuro el café con un par de tragos rápidos y lanzo el vaso a la basura. En silencio, me dirijo a las duchas con movimientos mecánicos y abro el grifo. Desvestirme. Enjabonarme. Aclararme. Lo que sea.

Me quedo paralizado unos instantes, observando cómo el agua se me acumula en las palmas de las manos. Suspiro y apoyo la frente en el frío azulejo resbaladizo mientras el agua caliente me salpica en la espalda. Siento cómo me invade el alivio a medida que mis músculos empiezan a relajarse y el calor y el vapor liberan las contracciones bajo mi piel. Intento concentrarme en el lujo de esta ducha, en mi gratitud por el milagro del agua caliente, pero mis pensamientos menos amables siguen dando vueltas a mi alrededor, picoteando mi corazón y mi mente como buitres emocionales.

Estoy muy contento por mis amigos. Los quiero, incluso cuando me sacan de quicio. Me preocupo por ellos. Deseo su felicidad. Pero todavía duele un poco cuando me da la impresión de que, mire donde mire, todo el mundo parece tener a alguien.

Todo el mundo menos yo.

Es una locura lo mucho que desearía que no me importara. Deseo con muchas ganas, y todo el rato, que me importaran una mierda ese tipo de cosas... Ojalá pudiera ser como Warner, una isla helada y despiadada, o incluso como Adam, que ha encontrado la felicidad en su familia, en la relación con su hermano; pero yo no soy como ninguno de ellos. En cambio, soy un gran corazón abierto que sangra, y me paso los días haciendo ver que no me doy cuenta de que quiero más. De que necesito más.

Quizá suene raro decirlo, pero sé que podría amar a alguien hasta las últimas consecuencias. Lo noto en el corazón. Noto esta habilidad para amar. Para ser romántico y apasionado. Como si fuera un superpoder. Incluso un don.

Y no tengo a nadie con quien compartirlo.

Todo el mundo cree que soy un payaso.

Me paso las manos por la cara y cierro los ojos con fuerza mientras recuerdo mi conversación de anoche con Nazeera.

Ella vino a mí, intento recordarme.

Yo no me he acercado a ella. Ni siquiera he intentado volver a hablarle, no después de aquel día en la playa cuando me dejó claro que no estaba lo más mínimo interesada en mí. Aunque tampoco es que haya tenido la oportunidad de hablar con ella después de eso, ya que todo se volvió una locura. Dispararon a J. y todo el mundo daba vueltas, y luego ocurrió toda lo de Warner y Juliette, y así estamos ahora.

Pero anoche estaba ocupándome de mis cosas, todavía intentando descubrir qué hacer con el hecho de que nuestra comandante suprema se estaba marinando lentamente en media pinta del mejor *whisky* de Anderson, cuando Nazeera vino a mí. De la nada. Fue justo después de la cena —joder, ni siquiera estaba presente durante la cena—, y simplemente apareció, como si fuera un espíritu, y me acorraló cuando estaba saliendo del comedor. Me hizo retroceder hacia un rincón y me preguntó si era verdad que tenía el poder de la invisibilidad.

Parecía muy enfadada. Yo estaba muy confuso. No tenía ni idea de cómo lo sabía ella ni tampoco por qué le importaba, pero ahí estaba, justo delante de mí, exigiéndome una respuesta, y no vi que contarle la verdad pudiera hacer ningún daño.

Así que le respondí que sí, que era verdad. Y, de repente, pareció enfadarse más.

—¿Por qué? —inquirí.

—¿Por qué, qué? —Sus ojos centellearon, muy abiertos, eléctricos y llenos de sentimiento. Llevaba puesta una capucha de cuero, y las luces de un candelabro cercano arrancaban destellos al *piercing* de diamante cerca del labio inferior. No podía dejar de mirarle la boca. Tenía los labios ligeramente entreabiertos. Carnosos. Suaves.

Me obligué a levantar la vista.

—¿Qué?

Entrecerró los ojos.

—¿De qué estás hablando?

—Creía... Lo siento, ¿de qué estamos hablando?

Se dio la vuelta, pero no antes de que pudiera ver su expresión de incredulidad en el rostro. Podía ser de furia también. Y luego, rápida como un rayo, se volvió a girar.

—¿Te dedicas a hacerte el tonto todo el rato? ¿O siempre hablas como si estuvieras borracho?

Me quedé paralizado. El dolor y la confusión daban vueltas en mi cabeza. El dolor por el insulto, la confusión por...

Sí, no tenía ni idea de lo que estaba ocurriendo.

—¿Qué? —repetí—. Yo no hablo como si estuviera borracho.

—Me estás mirando como si estuvieras borracho.

Mierda, qué guapa era.

—No estoy borracho —insistí. Estúpidamente. Y luego negué con la cabeza y me recordé que tenía que estar enfadado; a fin de cuentas, me acababa de insultar—. De todas formas, eres tú la que me ha venido a buscar, ¿te suena? Tú has empezado esta conversación. Y no sé por qué estás tan enfadada... Joder, ni siquiera sé por qué te importa. No es culpa mía que me pueda hacer invisible. Simplemente, me ocurrió.

Y entonces se bajó la capucha de la cabeza y su cabello se liberó, oscuro y sedoso y abundante, y dijo algo que no oí porque a mi cerebro se le cruzaron los cables; ¿debería decirle que puedo ver su pelo?, ¿sabe que puedo ver su pelo?, ¿acaso quería que pudiera ver su pelo?, ¿se pondría como loca si le dijera que puedo ver su pelo? Pero, claro, por si acaso no se suponía que yo debía verlo, no quise decirle que lo podía ver porque temía que lo cubriera de nuevo y, para ser sincero, estaba disfrutando mucho de las vistas.

Chasqueó los dedos delante de mi cara.

Pestañeé.

—¿Qué? —Y entonces, al darme cuenta de que había abusado de esa palabra durante la noche, añadí—: ¿Mmm?

—No me estás escuchando.

—Puedo verte el pelo —dije, y se lo señalé.

Ella tomó una bocanada de aire profunda e irritada. Parecía impaciente.

—No siempre me lo cubro, ¿sabes?

Negué con la cabeza.

—No —dije como un bobo—. No lo sabía.

—No podría aunque quisiera. Es ilegal, ¿recuerdas?

Fruncí el ceño.

—Entonces, ¿por qué lo has estado llevando cubierto? ¿Y por qué me lo has hecho pasar tan mal por eso?

Se bajó la capucha hasta los hombros y se cruzó de brazos. Tenía el pelo largo. Oscuro. Los ojos profundos. Eran de un color miel claro, brillantes contra su piel morena. Era tan preciosa que me daba miedo.

—Conozco a muchas mujeres que perdieron el derecho a vestir así con el Restablecimiento. En Asia había una inmensa población musulmana, ¿lo sabías? —No esperó a que respondiera—. Tuve que observar, en silencio, cómo mi propio padre firmaba los decretos para que desnudaran a las mujeres. Los soldados las exhibieron por las calles y les rasgaron la ropa del cuerpo. Les arrancaron los pañuelos de la cabeza y las avergonzaron públicamente. Fue violento e inhumano, y me obligaron a presenciarlo. Tenía once años —susurró—. Lo odié. Odié a mi padre por hacerlo. Por obligarme a mirar. Así que intento honrar a esas mujeres siempre que puedo. Para mí, es un símbolo de resistencia.

—Mmm.

Nazeera suspiró. Parecía frustrada, pero entonces... se rio. No era una risa de diversión, era más bien un sonido de incredulidad, pero creí que se podía considerar un progreso.

—Te acabo de contar algo que es muy importante para mí —me recriminó—, ¿y lo único que sabes decir es «mmm»?

Lo medité unos segundos. Y al final añadí, con cautela:

—¿No?

Y por algún motivo, por alguna razón desconocida, sonrió. Puso los ojos en blanco mientras lo hacía, pero su rostro se iluminó y, de repente, tenía un aspecto más joven, más dulce, y yo no podía quitarle los ojos de encima. No sabía qué había hecho para ganarme aquella expresión en su rostro. Probablemente, no había hecho nada para merecerla. Lo más seguro era que se estuviera riendo de mí.

No me importaba.

—Pues creo que eso mola mucho —le dije, recordándome que debía decir algo. Que debía reconocer la importancia de lo que acababa de compartir conmigo.

—¿El qué crees que mola mucho? —Arqueó una ceja.

—Ya sabes. —Hice un gesto con la cabeza en su dirección—. Todo... eso. La historia. Ya sabes.

Ahí fue cuando se echó a reír de verdad. Con ganas. Se mordió el labio para detener el sonido y negó con la cabeza mientras me decía, en voz baja:

—No te estarás quedando conmigo, ¿verdad? Se te da fatal.

Parpadeé varias veces. Dudaba de haber comprendido la pregunta.

—Se te da fatal hablar conmigo —me aclaró—. Te pongo nervioso.

—Yo no... —Palidecí—. O sea, no diría que yo...

—Creo que quizá he sido un poco dura contigo —me interrumpió, y suspiró. Apartó la vista. Se volvió a morder el labio—. Pensé... La noche que te conocí, pensé que estabas intentando comportarte como un capullo, ¿sabes? —Me miró a los ojos—. Pensaba que estabas usando trucos mentales conmigo. Actuando a ratos con amabilidad para luego distanciarte a propósito. Insultándome primero para pedirme que saliera contigo después.

—¿Qué? —Puse los ojos como platos—. Nunca haría algo así.

—Ya —murmuró—. Creo que me estoy dando cuenta. La mayoría de los chicos a los que he conocido han sido unos imbéciles manipuladores y condescendientes, mi hermano incluido, así que supongo que no me esperaba que tú fueras a ser tan... honesto.

—Ah. —Fruncí el ceño. No estaba seguro de si pretendía que fuera un cumplido—. ¿Gracias?

Se volvió a reír.

—Creo que deberíamos empezar de cero —propuso, y extendió la mano como para estrechar la mía—. Soy Nazeera. Es un placer conocerte.

Le agarré la mano con indecisión. Aguanté la respiración. Su piel era suave, delicada contra mi palma callosa.

—Hola. Yo soy Kenji.

Sonrió. Era una sonrisa feliz y sincera. Tenía la sensación de que aquella sonrisa iba a matarme. De hecho, estaba bastante seguro de que toda esa situación iba a matarme.

—Es un nombre fantástico —me dijo, soltándome la mano—. Eres japonés, ¿verdad?

Asentí.

—¿Hablas japonés?

Negué con la cabeza.

—Ya. Es complicado. Precioso, pero difícil. Estudié japonés unos cuantos años —me explicó—, pero es una lengua difícil de dominar. Todavía tengo un conocimiento rudimentario. De hecho, viví en Japón. Bueno, lo que había sido Japón. Durante un mes. Hice una ruta bastante extensiva por la nueva cartografía del continente asiático.

Y luego creo que me hizo otra pregunta, pero de pronto me había quedado sordo. Había perdido la cabeza. Me estaba hablando sobre el país en el que habían nacido mis padres, un lugar que significa mucho para mí, y yo no podía ni concentrarme. Se tocaba mucho la boca. Se pasaba a menudo el dedo por el borde del labio inferior. Tenía el tic de tocarse con frecuencia el *piercing* de diamante, y no estaba seguro de si ella era consciente de que lo hacía. Pero era casi como si me estuviera llevando a observar a su boca. No podía evitarlo. Estaba pensando en besarla. Estaba pensando en muchas cosas. En empotrarla contra la pared. En quitarle la ropa lentamente. En recorrer su cuerpo desnudo con las manos.

Y luego, de repente…

En darme una ducha fría.

De sopetón, su sonrisa se desvaneció.

—Oye, ¿estás bien? —me preguntó con voz suave y un poco preocupada.

Para nada.

Estaba demasiado cerca. Estaba demasiado cerca y mi cuerpo estaba reaccionando exageradamente a su presencia y no sabía cómo enfriarlo. Cómo apagarlo.

—¿Kenji?

Y entonces me tocó el brazo. Me tocó el brazo y luego pareció sorprenderse de haberlo hecho; se quedó mirando su mano sobre mi bíceps y yo me obligué a permanecer quieto, me obligué a no mover ningún músculo mientras las puntas de sus dedos acariciaban mi piel y una oleada de placer me inundaba el cuerpo con tanta rapidez que me sentí mareado.

Apartó la mano y desvió la vista. Volvió a mirarme.

Parecía confundida.

—Mierda —mascullé en voz baja—. Creo que estoy enamorado de ti.

Y, con una sacudida sísmica de terror, mi parte racional se quedó estupefacta en mi cabeza. Me tensé todo lo que daba de sí mi piel. Creía que me iba a morir. Creía que me iba a morir de la vergüenza. Eso quería. Quería que me tragara la tierra. Evaporarme. Desaparecer.

Por Dios, por poco lo hago.

No me podía creer que hubiera pronunciado esas palabras en voz alta. No me podía creer que mi maldita boca me pudiera haber traicionado así.

Nazeera se me quedó mirando, pasmada y todavía procesando, y de algún modo —aunque sé podría decir que por obra de un milagro— conseguí recuperarme.

Me reí.

Sí, me reí. Y luego añadí con una perfecta indiferencia:

—Estoy de broma, por supuesto. Creo que es el cansancio. En fin, buenas noches.

Conseguí caminar y no correr hasta mi habitación y fui capaz de aferrarme a lo que quedaba de mi dignidad. O eso espero.

Pero, en fin, quién sabe.

Voy a tener que verla de nuevo, probablemente muy pronto, y estoy seguro de que me hará saber si tengo que hacer planes para volar directamente hacia el sol.

Mierda.

Cierro el grifo y me quedo quieto, empapado. Y entonces, porque me odio a mí mismo, respiro hondo y abro el agua fría durante diez dolorosos segundos.

El truco funciona. Me despeja la cabeza. Me enfría el corazón.

Tropiezo al salir de la ducha.

Me arrastro por el pasillo, obligando a mis piernas a funcionar, pero me sigo moviendo como si estuviese herido. Le echo un vistazo al reloj en la pared y mascullo entre dientes. Llego tarde. Warner me va a matar. Me iría de perlas pasarme una hora haciendo estiramientos —mis músculos siguen demasiado tensos, incluso después de una ducha caliente—, pero no dispongo de tiempo. Y entonces, con una mueca, me doy cuenta de que Warner tenía razón. Un par de horas extras para mí mismo esta mañana me habrían ido la mar de bien.

Suelto un largo suspiro y me dirijo a mi habitación.

Llevo puestos unos pantalones de chándal, pero solo llevo una toalla alrededor del cuello porque tengo demasiado dolor como para ponerme una camiseta. Supongo que podré robarle una camisa de botones a Winston —algo que me pueda poner y quitar más fácilmente que uno de mis jerséis—, y entonces oigo la voz de alguien. Vuelvo la mirada atrás, distraído, y en esos dos segundos pierdo de vista hacia dónde estoy yendo y me estampo contra alguien.

Alguien.

Las palabras se evaporan de mi mente. Así de sencillo.

Volatilizadas.

Soy idiota.

—Estás mojado —dice Nazeera, arrugando la nariz mientras da un paso atrás—. ¿Por qué estás...?

Y entonces la observo mientras ella baja los ojos. Los levanta. Examina mi cuerpo, lentamente. Veo cómo aparta la mirada y se aclara la garganta, y de pronto no me puede dirigir la vista.

La esperanza brota en mi pecho. Desata mi lengua.

—Hola —la saludo.

—Hola. —Asiente. Se cruza de brazos—. Buenos días.

—¿Necesitas algo?

—¿Yo? No.

Reprimo una sonrisa. Es raro verla ruborizada.

—Entonces, ¿qué haces aquí?

Entrecierra los ojos hacia algo que está detrás de mí.

—¿Vas siempre..., mmm..., vas siempre por ahí sin camiseta?

Arqueo las cejas.

—¿Por ahí? Sí. Casi todo el tiempo.

Vuelve a asentir.

—Lo tendré presente. —Me quedo callado y al fin me mira a los ojos—. Estaba buscando a Castle —me dice en voz baja.

—Su despacho está al final del pasillo —hago un gesto con la cabeza—, pero es probable que ya haya bajado.

—Ah. Gracias.

Todavía tiene la vista fija en mí. Todavía tiene los ojos clavados en mí y está haciendo que se me contraiga el pecho. Doy un paso atrás casi sin darme cuenta. La cabeza me da vueltas y vueltas. No sé lo que está pensando. No sé si anoche conseguí pifiarla del todo. Pero por alguna razón ahora mismo...

Me está mirando la boca.

Sus ojos ascienden y se encuentran con los míos, y luego los vuelve a bajar a mis labios. Me pregunto si es consciente de que lo está haciendo. Me pregunto si tiene la más mínima idea de lo que me está haciendo. Siento los pulmones demasiado pequeños. Siento el corazón desbocado y absurdamente pesado a la vez.

Cuando Nazeera cruza la vista conmigo de nuevo, emite un repentino y largo suspiro. Estamos tan cerca que puedo notar su exhalación en mi pecho desnudo, y me abruma una desorientadora necesidad por besarla. Quiero estrecharla en mis brazos y besarla, y durante unos segundos creo de verdad que tal vez no se negaría. Ese mero pensamiento me manda un escalofrío por la espalda, una sensación aturdidora que inspira mi mente a ir demasiado lejos y demasiado rápido. Puedo verlo con una claridad aterradora: la fantasía de tenerla en mis brazos, sus ojos oscuros y profundos llenos de deseo. Puedo imaginarla debajo de mi cuerpo, hundiendo los dedos en mis omoplatos mientras grita...

Madre de Dios.

Me obligo a girar la cara. Casi me abofeteo a mí mismo.

No soy ese tipo de persona. No soy un chico de quince años que es incapaz de mantener los pantalones abrochados. No soy así.

—Pues..., mmm, tengo que vestirme —le digo, e incluso yo puedo oír el tartamudeo de mi voz—. Te veré abajo.

Pero la mano de Nazeera se posa en mi brazo de nuevo, y mi cuerpo se tensa, como si estuviera intentando contener algo más allá de mi control. Es algo salvaje. Un deseo que no había sentido nunca. Intento recordarme que se trata solo de eso, que es como dijo J. Ni siquiera conozco a esta chica. Estoy pasando por algo. No sé qué ni por qué, pero estoy, digamos, claramente enamorado. Ni siquiera la conozco.

Esto no es real.

—Oye —me llama la atención.

Me quedo quieto.

—¿Sí? —Apenas puedo respirar. Tengo que obligarme a girarme un poco y mirarla a los ojos.

—Quería decirte algo. Anoche. Pero no tuve la oportunidad.

—Ah. —Frunzo el ceño—. Muy bien. —Hay algo en su voz que denota miedo, y me despeja la mente de golpe—. Dime.

—Aquí no. Ahora no.

Y, de repente, me deja preocupado.

—¿Pasa algo? ¿Estás bien?

—Ah… No… Quiero decir, sí, estoy bien. Es que… —Vacila. Me ofrece una media sonrisa y se encoge de hombros—. Solo quería decirte algo. No es nada importante. —Desvía la mirada y se muerde el labio. Se muerde el labio inferior a menudo, por lo que veo—. Bueno, para mí sí es importante, supongo.

—Nazeera —digo, disfrutando del sonido de su nombre en mi boca.

Ella levanta la vista.

—Me estás preocupando un poco. ¿Estás segura de que no quieres decírmelo ahora?

Asiente. Me lanza una sonrisa tensa.

—No tienes de qué preocuparte, te lo aseguro. No es nada importante. ¿Quizá podríamos hablar esta noche?

El corazón se me encoge de nuevo.

—Claro.

Vuelve a asentir. Nos despedimos.

Pero cuando echo la vista atrás, apenas un segundo después de empezar a caminar, ella ya no está. Ha desaparecido.

TRES

Definitivamente, Warner está enfadado.

Llego supertarde, y Warner me está esperando, posado cuidadosamente sobre una silla rígida en una sala de conferencias del piso de arriba, mirando a la pared.

Me las he apañado para zamparme un bollo mientras bajaba, por lo que me limpio rápidamente la cara, con la esperanza de no haberme dejado ninguna prueba alrededor de la boca. No sé qué opinión le merecen a Warner los bollos, pero supongo que no es un gran amante.

—Ey —lo saludo, jadeando—. ¿Qué me he perdido?

—Esto es culpa mía —contesta, haciendo un gesto con la mano que abarca toda la habitación. Ni siquiera me mira.

—Bueno, ya sé que es culpa tuya —le digo rápidamente—, pero, bueno, solo para que nos enteremos… ¿De qué estamos hablando?

—Esto —repite. Al final me mira—. Esta situación.

Espero.

—Es culpa mía —insiste, y hace una pausa dramática—, por pensar que podía confiar en ti.

Reúno todas mis fuerzas para no poner los ojos en blanco.

—Muy bien, muy bien, cálmate. Ya estoy aquí.

—Llegas treinta minutos tarde.

—A ver.

De repente, Warner tiene un aspecto cansado.

—Los niños de los comandantes supremos de África y América del Sur están aquí. Están esperando en la habitación adyacente.

—¿Ah, sí? —Arqueo una ceja—. ¿Y bien? ¿Qué necesitas de mí?

—Necesito que estés presente —me replica con acidez—. No estoy seguro exactamente de por qué están aquí. Pero cualquier pensamiento racional apunta a una guerra inminente. Mi sospecha es que están aquí para espiarnos y mandarles la información a sus padres. Han enviado a sus hijos para aparentar camaradería. Un sentimiento de nostalgia. Quizá crean que pueden atraer a nuestra novata nueva comandante con otras caras jóvenes. En cualquier caso, creo que es importante que mostremos un frente unido y fuerte.

—Entonces, nada de J., ¿eh?

Warner levanta la vista. Parece sorprendido, y durante un segundo veo algo parecido al dolor en sus ojos. Pestañeo y vuelve a ser una estatua.

—No —me dice—. Todavía no la he visto. Y es más importante que nunca que no lo sepan. —Respira hondo—. ¿Dónde está Castle? Debería estar aquí también.

Me encojo de hombros.

—Creía que ya estaba aquí abajo.

—Lo he visto hace un momento. Iré a buscarlo.

Me desplomo en una de las sillas.

—Fantástico.

Warner se dirige a la puerta y luego vacila. Se gira lentamente para mirarme.

—Tienes problemas de nuevo.

Levanto la vista, sorprendido.

—¿Qué?

—En el amor. Tienes problemas con tu vida amorosa. ¿Por eso has llegado tarde?

Noto que la sangre me abandona el rostro.

—¿Cómo diablos puedes saber algo así?

—Apestas a eso. —Asiente hacia mí, hacia mi cuerpo—. Prácticamente emanas la tristeza del mal de amores.

Me lo quedo mirando, estupefacto. Ni siquiera sé si vale la pena negarlo.

—Es Nazeera, ¿verdad? —sigue Warner. Tiene la mirada limpia, libre de juicio.

Me obligo a asentir.

—¿Ella siente lo mismo?

—¿Cómo demonios se supone que tengo que saberlo? —Le lanzo una mirada beligerante.

Warner sonríe. Es la primera emoción real que me muestra en toda la mañana.

—Sospechaba que te iba a destripar, aunque debo admitir que creí que usaría un cuchillo.

—Qué gracioso —repongo sin humor.

—Ten cuidado, Kishimoto. Veo la necesidad de recordarte de que la educaron para ser letal. Yo no la haría enfadar.

—Fantástico —musito, dejando caer la cabeza sobre las manos—. Me siento genial con todo esto. Gracias por la charla motivacional.

—También deberías saber que está ocultando algo.

Levanto la cabeza de golpe.

—¿A qué te refieres?

—No lo sé con exactitud. Solo sé que oculta algo. Todavía desconozco lo que es, pero te recomendaría que fueras con pies de plomo.

De pronto, me siento mareado, con la frente contraída por el pánico. Me viene a la cabeza su mensaje críptico de antes. Qué debía de ser lo que me quería decir anoche. Qué puede ser que me diga... esta noche.

Y entonces me doy cuenta...

—Un momento. —Frunzo el ceño—. ¿Me acabas de dar un consejo para ligar?

Warner ladea la cabeza. Una sonrisa aflora en sus labios.

—Solo te estoy devolviendo el favor.

—Gracias, hombre. —Me echo a reír, sorprendido—. Lo agradezco.

Él asiente.

Y luego, con un elegante giro, abre la puerta y la cierra tras de sí. Se mueve como si fuera un príncipe. Siempre va vestido como tal. Con botas brillantes y trajes ajustados y toda esa mierda.

Suspiro, irritado irracionalmente.

¿Estoy celoso? Joder, quizá estoy celoso.

Warner parece siempre muy sereno. Siempre frío y comedido. Siempre tiene una respuesta para todo, una réplica ingeniosa. La mente despejada. Me apuesto lo que sea a que nunca ha tenido que esforzarse tanto por una chica como yo. Nunca ha tenido que esforzarse tanto para...

Vaya.

Qué idiota soy.

No sé cómo me las he apañado para olvidarme de que su novia acaba de romper con él. Yo estaba allí. Presencié la discusión. Él tuvo un ataque de pánico tirado en el suelo. Estaba llorando.

Suelto un profundo suspiro y me paso las dos manos por el pelo.

Sé que debería hacerme sentir mejor, pero darme cuenta de que Warner es tan propenso al fracaso en las relaciones como yo solo consigue que me sienta peor. Hace que piensa que no tengo ninguna oportunidad con Nazeera.

Argh, lo odio todo.

Espero un par de minutos a que vuelvan Warner y Castle, y mientras espero saco otro bollo del bolsillo. Me lo como apresuradamente, arrancando pedazos grandes y metiéndomelos a ciegas en la boca.

Cuando Castle cruza la puerta, casi me ahogo con las migas del bollo, pero consigo resollar un rápido saludo. Castle pone mala cara, sin duda recriminando mi estado general, y hago ver que no me doy cuenta. Saludo con la mano e intento tragarme el último pedazo de bollo. Los ojos me lloran un poco.

Warner entra y cierra la puerta detrás de ellos.

—¿Por qué insistes en comer como un animal? —me suelta.

Frunzo el ceño, empiezo a hablar y me interrumpe con un gesto de la mano.

—Ni se te ocurra hablarme con la boca llena.

Trago demasiado rápido y casi me ahogo, pero me obligo a deglutir lo que queda del bollo. Me aclaro la garganta antes de decir:

—¿Sabes una cosa? Estoy harto de tanta tontería. Siempre os reís de la forma en la que como, y no es justo.

Warner intenta hablar, y lo corto.

—No. No soy un animal comiendo. Lo que pasa es que tengo hambre. Y quizá podrías pasarte unos cuantos años muriéndote de hambre antes de pensar en reírte de la manera en la que como, ¿vale, imbécil?

Es alarmante la rapidez con la que ocurre, pero algo cambia en el rostro de Warner. No es la tensión de su mandíbula ni las arrugas de su frente. Durante unos segundos, la luz desaparece de sus ojos.

Se gira casi cuarenta y cinco grados exactos.

—Nos esperan en la habitación contigua —anuncia con voz solemne.

—Acepto tus disculpas —replico.

Warner me devuelve la mirada. La aparta.

Castle y yo lo seguimos fuera de la habitación.

Vale, quizá me he perdido algo, pero estos nuevos niños no me parece que den tanto miedo. Hay un par de gemelos —un chico y una chica— que hablan entre ellos muy rápidamente en español, y un tipo alto negro con acento británico. Haider, Nazeera y Lena están ausentes, pero todo el mundo está actuando con modales y haciendo ver que no se dan cuenta. Todos son muy amables, de hecho. Sobre todo Stephan, el hijo del comandante supremo de África. Me parece muy bien tipo; recibo menos vibras homicidas de él que de los demás niños. Aunque lleva puesta una pulsera en la muñeca izquierda, algo de plata decorado con grandes y pesadas piedras que parecen rubíes, y no puedo dejar de pensar que he visto algo parecido antes. Sigo mirándolo, intentando descifrar por qué me parece tan familiar, cuando de repente...

Aparece Juliette.

Al menos, creo que es Juliette.

Parece otra persona.

Entra en la habitación ataviada con un uniforme que no le había visto antes, negro de la cabeza a los pies, y tiene buen aspecto —preciosa, como siempre, pero diferente—. Parece más dura. Más enfadada. No creía que me fuera a gustar cómo le queda el pelo corto; anoche no era más que una chapuza descuidada, pero se lo debe de haber arreglado esta mañana. El corte es uniforme por toda la cabeza. Una melena corta, elegante y simple.

Hace que le quede bien.

—Buenos días —dice, y su voz es tan vacía que durante unos instantes me quedo pasmado. Consigue que esas dos palabras suenen mezquinas, y es tan impropio de ella que me asusta.

—Joder, princesa —exclamo en voz baja—. ¿De verdad eres tú?

Me dirige la mirada durante unos segundos, pero me parece que más bien me atraviesa con ella, y hay algo en la expresión fría y venenosa de sus ojos que me rompe el corazón más que cualquier otra cosa.

No sé qué le ha ocurrido a mi amiga.

Y entonces, como si toda esta situación de mierda no pudiera ser más dramática, Lena hace una entrada triunfal como una maldita debutante. Es probable que estuviera esperando entre bastidores para el momento oportuno de hacer su aparición. Para quitarle el protagonismo a Juliette.

No funciona.

Observo, como si fuera a través del agua, cómo Juliette se encuentra con Lena por primera vez. Juliette está tensa y se muestra superior, y estoy orgulloso por que sea tan fuerte, pero en este momento no la puedo reconocer.

J. no es así.

No es así de fría.

La he visto enfadarse —joder, la he visto perder la cabeza—, pero nunca ha sido cruel. No es malvada. Y no es que crea que Lena merezca un trato mejor, porque no es el caso. Me importa una mierda Lena. Pero esta... esta exhibición dista tanto del carácter de Juliette que debe de significar que lo está pasando incluso peor de lo que me pensaba. Peor de lo que me había imaginado. Como si el dolor la hubiese desfigurado.

Deberá de saberlo. La conozco.

Warner quizá me mataría si supiera que me siento así, pero la verdad es que conozco a Juliette mejor que nadie más. Mejor que él.

El cálculo es simple: J. y yo hemos tenido una relación más íntima durante más tiempo.

Ella y yo hemos pasado por más mierdas juntos. Hemos tenido más tiempo para hablar de cosas reales juntos. Es mi amiga más cercana.

También he contado con Castle, pero él es como un padre para mí, y no puedo hablar con él ni con nadie más como lo hago con Juliette. Ella es distinta. Me entiende. Le doy mucho la tabarra por mostrarse siempre tan sensible, pero me encanta lo empática que es. Me encanta cómo siente las cosas, con tanta intensidad que a veces incluso la alegría consigue hacerle daño. Es su esencia. Es todo corazón.

Y esta versión de ella que estoy viendo ahora...

Es una mentira.

No puedo aceptarlo porque sé que no es real. Porque sé que significa que algo está mal.

De repente, un estallido de voces enfadadas se cuela en mi ensimismamiento.

Levanto la vista justo a tiempo para darme cuenta de que Lena ha dicho algo despreciable. Valentina, una de las gemelas, se gira hacia ella, y me obligo a prestar más atención cuando dice:

—Debería haberte cortado las orejas cuando tuve la oportunidad.

Las cejas me salen disparadas hacia la frente.

Doy un paso adelante, confundido, y paso la vista alrededor de la habitación en busca de alguna pista, pero una tensión extraña e incómoda ha dejado a todo el mundo en silencio.

—Mmm, perdonad —digo tras aclararme la garganta—. ¿Me estoy perdiendo algo?

Más silencio.

Lena es la que finalmente se presenta voluntaria para dar una explicación, pero a estas alturas ya sé que no debo confiar en ella al oírla responder:

—A Valentina le gusta jugar a aparentar.

Nicolás, el otro gemelo, le suelta una retahíla de insultos en un instante, replicando con energía en español. Valentina le da unas palmaditas a su hermano en el hombro.

—No —lo tranquiliza—. ¿Sabes qué? Está bien. Déjala que hable. Lena cree que me gusta aparentar. —Dice una palabra en español—. No voy a aparentar. —Más palabras en español.

Stephan se queda con la boca abierta en lo que parece una muestra de sorpresa, pero Lena se limita a poner los ojos en blanco, así que no tengo ni idea de qué acaba de ocurrir.

Frunzo el ceño. Seguir esta conversación me causa frustración.

Pero cuando miro a Juliette me doy cuenta, con un alivio bienvenido, de que no soy el único que se siente así; J. tampoco entiende de qué están hablando. Ni Castle. Y justo cuando pienso que Warner también debe de estar confundido, empieza a hablarle a Valentina en un español fluido.

De repente, la cabeza me da vueltas.

—Madre mía —exclamo—. También hablas español, ¿eh? Voy a tener que acostumbrarme a esto.

—Todos hablamos varias lenguas —me indica Nicolás. Todavía parece un poco irritado, pero le agradezco la explicación—. Tenemos que ser capaces de comunicarnos...

Juliette lo interrumpe, enfadada.

—Escuchad, chicos, no me importan vuestros dramas personales. Tengo un dolor de cabeza horrible y un millón de cosas que hacer hoy, y me gustaría ir empezando.

Ja.

Claro. Juliette tiene resaca.

Me apuesto lo que sea a que nunca ha tenido una. Y si esta no fuera, digamos, una situación de vida o muerte, pensaría que es bastante divertido.

Nicolás le dice algo en voz baja como respuesta y luego agacha la cabeza en una pequeña reverencia.

Me cruzo de brazos. No confío en él.

—¿Qué? —Juliette se lo queda mirando, confundida—. No sé qué significa eso.

Nicolás le sonríe. Dice algo más en español, y ahora es obvio que se está mofando de ella, y por poco le meto una patada en la cara a ese mierdecilla.

Warner se encarga de él antes de que pueda hacerlo yo. Le dice algo a Nicolás, algo que no entiendo, pero de alguna manera hace que Juliette se enfade más.

Qué mañana más rara.

—Estamos encantados de conocerte —oigo que dice Nicolás en inglés, y ya es oficinal: estoy tan confundido que creo que debería salir por la puta puerta.

—¿Entiendo que asistiréis todos al simposio de hoy? —pregunta Juliette.

Otra inclinación por parte de Nicolás. Más palabras en español.

—Eso es un sí —traduce Warner.

La interpretación parece sacarla de sus casillas. Se da la vuelta y se encara a él.

—¿Qué otras lenguas hablas? —exige saber, con los ojos echando chispas, y Warner se queda de repente tan inmóvil que me da hasta pena.

Esta situación es demasiado real.

Hoy Warner y Juliette se están comportando como dos idiotas. Fingen que son muy duros, muy fríos y serenos, y luego... esto. Juliette le dice una cosa y Warner se convierte en un imbécil. La está mirando, demasiado atontado como para responder, y a ella le han subido los colores, acalorada y molesta solo porque él la está mirando.

Madre mía.

Me pregunto si Warner tiene la más remota idea de la imagen que está dando ahora, observando a Juliette como si todas las palabras se hubieran evaporado de su cabeza, y luego, con un sobresalto, me pregunto si yo actué de ese mismo modo cuando estaba hablando con Nazeera.

Un escalofrío involuntario me recorre el cuerpo.

Al final, Stephan salva a Warner de su miseria. Se aclara la garganta y dice:

—Nos enseñaron varias lenguas cuando éramos pequeños. Era fundamental que los comandantes y sus familias supieran cómo comunicarse los unos con los otros.

Juliette baja la vista y se recompone. Cuando dirige la atención a Stephan, su rostro ha perdido la mayor parte del rubor, aunque todavía le quedan algunas manchas.

—Creía que el Restablecimiento se quería deshacer de todas las lenguas —apunta Juliette—. Creía que queríais imponer una sola lengua universal...

—Sí, Madame Supreme —dice Valentina. (Reconozco la palabra «sí» en español, no soy un idiota del todo)—. Es cierto —añade—, pero teníamos que ser capaces de comunicarnos primero, ¿no?

Y entonces...

No sé por qué, pero algo sobre la respuesta de Valentina hace mella en el interior de Juliette. Casi vuelve a parecer ella misma. Su cara pierde la tensión. Tiene los ojos muy abiertos, casi tristes.

—¿De dónde eres? —pregunta en voz baja, y su voz suena tan sincera que me da esperanza; la esperanza de que la J. real esté todavía ahí, en algún lugar—. Antes de que reconfiguraran el mundo. ¿Cómo se llamaban vuestros países?

—Nacimos en Argentina —responden los gemelos.

—Mi familia es de Kenia —dice Stephan.

—¿Y habéis ido de visita al país del otro? —Juliette se gira y examina sus rostros—. ¿Viajáis entre continentes?

Asienten.

—Vaya. Debe de ser increíble.

—Tiene que venir a visitarnos, Madame Supreme —le comenta Stephan con una sonrisa—. Nos encantaría acogerla. Después de todo, ahora es de los nuestros.

Y, con eso, la sonrisa de Juliette desaparece.

Su semblante se ensombrece. Se cierra. Se transforma en la misma persona envuelta en un cascarón de frialdad que ha entrado en la habitación.

—¿Warner, Castle, Kenji? —nos llama con voz severa.

Carraspeo.

—¿Sí?

—¿Sí, señorita Ferrars? —oigo que dice Castle.

Desvío la mirada hacia Warner, pero permanece mudo. Solo se limita a observarla.

—Si ya hemos acabado, me gustaría hablar con vosotros tres a solas, por favor.

Paso la vista de Warner a Castle, esperando a que alguien diga algo, pero todos siguen sumidos en el silencio.

—Ah, sí —contesto rápidamente—. No, no, ningún problema. —Le lanzo una mirada a Castle que significa: «¿Qué demonios?».

—Por supuesto —intercede él.

Warner todavía tiene la vista clavada en ella. No dice nada.

Por poco no le doy un bofetón.

Juliette parece estar de acuerdo con mi línea de pensamiento, porque se va con paso furioso, enfadada por completo, y empiezo a seguirla hacia la puerta cuando noto una mano sobre mi hombro. Una mano pesada.

Miro directamente a los ojos de Warner y, no voy a mentir, es una experiencia desconcertante. Este tipo tiene unos ojos salvajes. De un verde pálido y frío. Son un poco perturbadores.

—Déjame un minuto a solas con ella —me pide.

—Claro. —Asiento. Doy un paso atrás—. Lo que necesites.

Y se va. Oigo cómo la llama, y me quedo esperando de pie, contemplando la puerta abierta e ignorando a los demás niños de la sala. Me cruzo de brazos. Me aclaro la garganta.

—Entonces, es verdad —dice Stephan.

Me giro, sorprendido.

—¿A qué te refieres?

—Es verdad que están enamorados. —Señala con la cabeza hacia la puerta abierta—. Esos dos.

—Sí —le doy la razón, confundido—. Es verdad.

—Nos habían llegado rumores, por supuesto —interviene Nicolás—. Pero es interesante presenciarlo en persona.

—¿Interesante? —Arqueo una ceja—. ¿Cómo que es interesante?

—Es bastante emotivo —dice Valentina, y parece decirlo en serio.

Castle se acerca.

—Ya ha pasado como mínimo un minuto —me advierte en voz baja.

—Cierto. —Asiento—. Bueno, niños, os veremos más tarde —le digo a la habitación—. Si no habéis desayunado nada todavía, podéis ir a la cocina a por unos bollos. Están muy buenos. Yo me he comido dos.

CUATRO

Casi trastabillo al intentar frenar en seco cuando salimos al pasillo. Warner y Juliette no se han ido lejos, y están cerca el uno de la otra, manteniendo sin duda alguna una importante conversación acalorada.

—Deberíamos salir de aquí —le digo a Castle—. Necesitan espacio para hablar.

Pero Castle no responde de inmediato. Los está observando con expresión intensa, y por primera vez en mi vida lo veo distinto.

Como si no lo conociera.

Después de todo lo que me contó Warner ayer —que Castle siempre supo que Juliette tenía una historia complicada, que sabía que era un instrumento crítico, que la habían adoptado, que sus padres biológicos la habían donado al Restablecimiento y que me había enviado a mí en un misión encubierta para ir a recogerla—, me he estado sintiendo un poco extraño. No mal exactamente, tan solo extraño. Todo esto no me supone una revelación lo suficientemente importante como para que pierda la fe en Castle por completo; él y yo hemos pasado por demasiado juntos como para que ponga en duda su afecto.

Pero me siento raro.

Inquieto.

Quiero preguntarle por qué me ocultó todo eso. Quiero exigirle una explicación. Pero por alguna razón no soy capaz de hacerlo. Al menos no todavía. Creo que quizá tengo miedo de oír las respuestas a mis propias preguntas. Me preocupa lo que puedan revelar sobre mí.

—Sí —dice Castle al final. El sonido de su voz vuelve a concentrar mis pensamientos—. Tal vez deberíamos darles el espacio que necesitan.

—Crees que no están bien juntos, ¿eh? —Le dedico una mirada indecisa.

—Al contrario. —Castle se gira hacia mí, sorprendido—. Creo que son afortunados de haberse encontrado el uno a la otra en este mundo infernal. Pero si quieren una oportunidad de ser felices, deberán seguir curándose. Individualmente. —Aparta la vista y contempla las siluetas en la distancia—. A veces me preocupan los secretos que hay entre ellos. Quiero que lleven a cabo la ardua tarea de succionar el veneno de su pasado.

—Qué asco.

Castle sonríe.

—Y que lo digas. —Pasa el brazo por encima de mi hombro. Me lo aprieta—. Lo que más deseo para ti es que te veas a ti mismo como lo hago yo: como un hombre joven brillante, atractivo y compasivo que haría cualquier cosa por la gente a la que quiere.

Doy un paso atrás, sorprendido.

—¿Qué te ha entrado para decirme eso?

—Es algo que he estado recordando que tengo que verbalizar en voz alta. —Suspira—. Quiero que entiendas que Nazeera es una chica muy muy afortunada por ser la receptora de tu cariño. Ojalá te dieras cuenta. Ella es exitosa y preciosa, sí, pero tú…

—Un momento. ¿Qué has dicho? —De repente, siento náuseas—. ¿Cómo has…?

—Ah —exclama Castle, con los ojos como platos—. Uy, ¿era un secreto? No me había dado cuenta de que fuera un secreto. Mis disculpas.

Mascullo un improperio entre dientes.

Se ríe.

—Debo decirte, que si estás interesado en que no se sepa, vas a tener que cambiar de táctica.

—¿A qué te refieres?

—Tú no te ves desde fuera cuando estás con ella. —Se encoge de hombros—. Todo el mundo ve tus sentimientos sin problemas. En cualquier sitio.

Me llevo la cabeza a las manos con un gruñido.

Y cuando al fin levanto la vista, preparado para responder, me distrae tanto lo que tengo delante que me olvido de hablar.

Warner y Juliette están montando una escenita.

Una escenita bastante pasional, justo aquí, en el pasillo. Me doy cuenta, mientras los miro, de que nunca los he visto besarse. Me quedo paralizado. Un poco conmocionado. Y sé que debería..., en fin, apartar la vista... Por lo menos eso es lo que me dicta mi parte racional. Que es lo que haría una persona decente, pero estoy un poco fascinado.

Está claro que tienen una química descomunal.

Nunca le he encontrado demasiado sentido a su relación; no entendía cómo un tipo como Warner podía ser un compañero emocional de nadie, y mucho menos de alguien como Juliette, una chica que come, duerme y respira emociones. Rara vez lo he visto a él exteriorizar sus sentimientos. Me preocupaba que Juliette lo tuviera en demasiada alta estima, que aguantara demasiadas sandeces suyas a cambio de..., ni siquiera sé de qué. ¿Un sociópata con una extensa colección de abrigos?

Principalmente, me preocupaba que ella no estuviera disfrutando del tipo de amor que se merecía.

Pero, ahora, de repente...

Su relación tiene sentido. De golpe, todo lo que me ha dicho ella sobre él tiene sentido. Todavía creo que no entiendo a Warner, pero es obvio que algo de Juliette le prende una llama dentro. Parece más vivo cuando está en sus brazos. Más humano de lo que lo he visto nunca.

Como si estuviera enamorado.

Y no solo enamorado, sino más allá de la salvación. Cuando se separan, los dos parecen un poco locos, pero Warner tiene un aspecto especialmente voluble. Su cuerpo tiembla. Y cuando se marcha corriendo de repente por el pasillo, sé que esto no va a acabar bien.

El corazón se me hace añicos. Por los dos.

Observo mientras Warner se apoya contra la pared y se arrima hasta que le ceden las piernas. Se desploma en el suelo.

—Yo hablaré con él —exclama Castle, y la mirada devastada de su rostro me sorprende—. Tú ve a buscar a la señorita Ferrars. No debería estar sola en un momento así.

Respiro superficialmente.

—Muy bien. Buena suerte.

Se limita a asentir.

Tengo que llamar a la puerta de Juliette varias veces antes de que conteste. La abre unos centímetros.

—No importa —me dice, e intenta cerrarla de nuevo.

La bloqueo con mi bota.

—¿El qué no importa? —Apoyo el hombro contra la puerta y, con un pequeño empujón, consigo abrirme paso hacia el interior—. ¿Qué está pasando?

Cruza la habitación a grandes pasos, todo lo lejos que puede de mí.

No entiendo nada. No entiendo por qué me está tratando así. Y abro la boca para decírselo, pero me interrumpe:

—No importa, no quiero hablar con ninguno de vosotros. Por favor, vete. O quizá os podéis ir todos al infierno. De hecho, me da igual.

Me encojo. Sus palabras aterrizan sobre mi cuerpo como golpes físicos. Me está hablando como si yo fuera el enemigo, y no me lo puedo creer.

—¿Estás...? Un momento. ¿Estás hablando en serio?

—Nazeera y yo nos vamos al simposio dentro de una hora —me suelta. Aunque sigue sin mirarme—. Tengo que prepararme.

—¿Qué? —Antes de nada, ¿cuándo demonios se ha convertido en la mejor amiga de Nazeera? Y después—: ¿Qué está ocurriendo, J.? ¿Qué te pasa?

Se da la vuelta con la cara como una caricatura imponente. Tiene aspecto demacrado.

—¿Que qué me pasa? Ah, como si no lo supieras.

La fuerza de su ira hace que dé un paso atrás. Me recuerdo que esta chica me podría matar con tan solo una sacudida de la mano si quisiera.

—Quiero decir... Sé lo que ha pasado con Warner, sí, pero estoy bastante seguro de que os acabo de ver besándoos en el pasillo, así que..., mmm, estoy realmente confundido...

—Me mintió, Kenji. Me ha estado mintiendo todo este tiempo. Sobre muchas cosas. Y también Castle. Y tú...

—Un momento, ¿qué? —Esta vez la agarro del brazo antes de que tenga la oportunidad de volver a alejarse—. Espera... Yo no te he mentido sobre nada, joder. No me metas en este lío. Yo no he tenido nada que ver. Todavía no he decidido qué decirle a Castle. No me puedo creer que me haya ocultado todo esto.

Juliette se queda inmóvil de repente. Abre mucho los ojos, brillantes con lágrimas a punto de derramarse. Y, finalmente, lo entiendo. Creía que yo la había traicionado también.

—¿No estabas metido en todo esto? —susurra—. ¿Con Castle?

—Qué va. Para nada. —Doy un paso adelante—. No tenía ni idea de toda esta locura hasta que Warner me lo contó ayer.

Se me queda mirando, todavía indecisa.

Y no puedo evitarlo: pongo los ojos en blanco.

—A ver, ¿cómo se supone que tengo que confiar en ti? —dice ella, con la voz rota—. Todo el mundo me ha estado mintiendo…

—J. —la corto—, venga ya. —Niego con la cabeza enérgicamente. No me puedo creer que le tenga que decir esto. No me puedo creer que haya dudado de mí, que no me haya hablado de esto antes—. Me conoces —le aseguro—. Sabes que no me van estas tonterías. Ese no es mi estilo.

Una lágrima solitaria se desliza por su mejilla, y verla me rompe el corazón al tiempo que me reconforta. Esta es la chica a la que conozco. La amiga a la que quiero. La que es todo corazón.

—¿Me lo prometes? —pregunta con un hilo de voz.

—Eh. —Extiendo la mano—. Ven aquí, pequeña.

Todavía parece un poco escéptica, pero da los pasos necesarios hacia mí y yo tiro de ella, apretándola con fuerza contra mi pecho. Es tan pequeña. Como un pajarillo con los huesos huecos. Jamás dirías que es técnicamente invencible. Que podría derretirme la piel de la cara si quisiera. La aprieto un poco más, le paso una mano por la espalda en un gesto familiar y reconfortante, y noto que por fin se empieza a relajar. Siento el momento exacto en el que la tensión abandona su cuerpo, cuando se desploma por completo contra mi pecho. Sus lágrimas me empapan la camiseta, calientes e imparables.

—Va a salir todo bien —susurro—. Te lo prometo.

—Mentiroso.

Sonrío.

—Bueno, hay un cincuenta por ciento de posibilidades de que tenga razón.

—¿Kenji?

—¿Mmm?

—Si descubro que me estás mintiendo sobre algo de esto, te juro por Dios que te voy a arrancar todos los huesos del cuerpo.

Casi me ahogo con una repentina risa de sorpresa.

—Vale, vale.

—Te hablo en serio.

—Uy, uy. —Le acarició la cabeza. Muy suave.

—Lo haré.

—Lo sé, princesa. Lo sé.

Nos sumimos en un silencio cómodo, los dos abrazados, y estoy pensando en lo importante que es esta relación para mí, lo importante que es Juliette para mí, cuando me dice de sopetón:

—¿Kenji?

—¿Sí?

—Van a destruir el sector 45.

—¿Quiénes?

—Todo el mundo.

La sorpresa hace que yerga la espalda. Me aparto, confundido.

—¿Quién es todo el mundo?

—Todos los demás comandantes supremos —especifica Juliette—. Nazeera me lo contó todo.

Y entonces, de repente, lo entiendo.

Su nueva amistad con Nazeera.

Este debe de ser el secreto que Warner dijo que estaba ocultando: Nazeera tiene que ser la traidora del Restablecimiento. Es eso o que nos está engañando a todos.

Aunque lo segundo parece poco probable.

Quizá esté siendo un necio optimista, pero Nazeera prácticamente me lo dijo la otra noche con el discursito de llevar un símbolo de resistencia y odiar a su padre y honrar a las mujeres a las que él había avergonzado.

Puede ser que el gran secreto de Nazeera sea que está aquí para ayudarnos de verdad. Puede ser que no haya nada que temer. Puede ser que la mujer sea simplemente perfecta.

De golpe, estoy sonriendo como un idiota.

—Así que Nazeera es una de los tipos buenos, ¿eh? ¿Está en nuestro equipo? ¿Intentando ayudarte?

—Ay, por el amor de Dios, Kenji, concéntrate, por favor...

—Solo digo —sostengo las manos en alto y doy un paso atrás— que la chica es estupenda, nada más.

Juliette me mira como si hubiese perdido la cabeza, pero se ríe. Aspira por la nariz, suavemente, y se limpia algunas lágrimas olvidadas.

—Entonces, a ver. —Asiento alentándola a hablar—. ¿Cuál es el plan? ¿Los detalles? ¿Quién viene? ¿Cuándo? ¿Cómo? ¿Etcétera?

—No lo sé —dice Juliette, negando con la cabeza—. Nazeera todavía está intentando descifrarlo. Cree que quizá sea la semana que viene. Los niños están aquí para monitorizarme y enviar información, pero van a venir al simposio porque los comandantes quieren saber cómo los demás líderes de sector reaccionarán al verme. Nazeera dice que cree que la información ayudará a que informen de sus próximos movimientos. Supongo que disponemos de unos pocos días.

Los ojos casi se me salen de las órbitas. Unos pocos días no era lo que esperaba oír. Esperaba que fueran meses. Semanas, como mínimo.

No pinta bien.

—Uh. Mierda.

—Exacto. —Juliette me lanza una mirada atribulada—. Pero cuando decidan destruir el sector 45, su plan es hacerme prisionera también. Parece ser que el Restablecimiento quiere volver a encerrarme. No sé para qué.

—¿Volverte a encerrar? —Arrugo la frente—. ¿Para qué? ¿Para hacerte más pruebas? ¿Para torturarte? ¿Qué quieren hacer contigo?

—No tengo ni idea —responde Juliette, haciendo un gesto negativo—. No sé quiénes son esas personas. Por lo visto, a mi hermana todavía la están torturando y examinando en algún lugar, así que estoy bastante segura de que no me quieren capturar para celebrar un gran reencuentro familiar, ¿sabes?

—Vaya. —Desvío la mirada. Resoplo—. Esto es un drama a otro nivel.

—Sí.

—Entonces… ¿Qué vamos a hacer? —le pregunto.

Juliette se me queda observando durante un segundo. Sus ojos se juntan.

—Pues no lo sé, Kenji. Van a venir para matar a todo el mundo del sector 45. No creo que me quede otra opción.

—¿A qué te refieres? —Arqueo las cejas.

—Quiero decir que estoy bastante segura de que tendré que matarlos yo antes.

CINCO

Me marcho aturdido de la habitación de Juliette. No parece que sea correcto que se pueda permitir que ocurra tanta mierda en un período de tiempo tan corto. Debería haber un plan de respaldo en algún lugar del universo, algo que se apagara automáticamente en caso de estupidez humana extrema. Quizá una palanca de emergencia. O incluso un botón.

Esto es ridículo.

Suspiro, sintiendo que se me revuelve el estómago de golpe.

Supongo que tendremos que esperar para hablarlo todo esta noche, después del simposio, que va a ser un gran espectáculo. No parece tener ningún sentido asistir al simposio, pero Juliette dice que no quería echarse atrás, no a estas alturas de la partida, así que se supone que todos debemos actuar con amabilidad y como si todo fuera normal. Seiscientos líderes de sector reunidos en la misma habitación, y se supone que debemos actuar con amabilidad y como si todo fuera normal. No lo entiendo. No es ningún secreto para nadie que nosotros, como sector, hemos traicionado a la fundación entera, así que no comprendo por qué nos tomamos la molestia de fingir siquiera. Pero Castle dice que mantener esta farsa significa algo para el sistema, por lo que debemos llegar hasta el final. Abandonar el barco ahora es básicamente como enseñarle el dedo corazón al resto del continente. Sería una declaración de guerra.

Si soy sincero, la ridiculez de todo este asunto sería casi graciosa si no pensara que muy probablemente vayamos a morir todos.

Menudo día.

Localizo a Sonya y a Sara cuando estoy volviendo a mi habitación y las saludo con un breve asentimiento, pero Sara me agarra del brazo.

—¿Has visto a Castle? —me pregunta.

—Llevamos una hora intentando localizarlo —interviene Sonya.

La urgencia de sus voces me manda una repentina oleada de miedo por todo el cuerpo, y la mano férrea con la que Sara sigue sujetándome el brazo no ayuda. No es nada común en ellas mostrarse tan nerviosas; desde que las conozco, estas dos siempre han sido amables y por lo general tranquilas en cualquier situación.

—¿Qué ocurre? ¿Qué pasa? ¿Puedo ayudar en algo?

Niegan con la cabeza al unísono.

—Tenemos que hablar con Castle.

—La última vez que lo he visto estaba en el piso de abajo hablando con Warner. ¿Por qué no lo llamáis al busca? Siempre lleva puesto el pinganillo.

—Lo hemos intentado —dice Sonya—. Varias veces.

—¿Me podéis decir al menos de qué va esto? Para que no me dé un ataque al corazón.

Sara pone los ojos como platos.

—¿Has tenido dolores de pecho?

—¿Te has sentido inusualmente aletargado? —añade Sonya.

—¿Has notado falta de aire? —vuelve Sara.

—¿Qué? No. Chicas, basta... Era una manera de hablar. No voy a tener un ataque al corazón real. Solo estoy... preocupado.

Sonya me ignora. Rebusca en la bandolera que lleva siempre en caso de emergencia y saca una botellita de medicamentos. Sara y ella son gemelas y nuestras curanderas residentes, y son una combinación interesante de amabilidad y seriedad extrema. Son doctoras que velan a la perfección por sus enfermos, y nunca dejan pasar ninguna mención a dolor, enfermedad o herida. Un día, cuando estábamos en el Punto Omega, dije sin pensarlo que estar bajo tierra todo el tiempo me ponía enfermo, y las dos me obligaron a meterme en la cama y me exigieron que les diera la lista de síntomas. Cuando al final fui capaz de explicarles que no hablaba en serio, que era algo que la gente decía a veces, no creyeron que fuera gracioso. Después de eso, estuvieron molestas conmigo durante una semana.

—Llévate esto como precaución —dice Sonya, y me coloca la botellita cilíndrica azul en la mano—. Como sabes, Sara y yo hemos estado trabajando en esto durante un tiempo, pero es la primera vez que sentimos que puede estar listo para el campo de batalla. Eso —continúa, señalando hacia la botella en mi mano con la cabeza— es uno de los lotes de prueba, pero no nos ha dado ningún problema. De hecho, creemos que quizá ya esté listo para su producción.

Me llama la atención.

Me quedo observando maravillado la botella en mi mano. Pesa. Es de cristal.

—Imposible —musito en voz baja—. ¿Lo habéis conseguido? —Levanto la vista y las miro a los ojos.

Sonríen a la vez.

Las dos han estado trabajando en crear píldoras curativas desde que las conozco. Querían proporcionarnos algo que pudiéramos llevar encima, en medio de la batalla, para que fuéramos capaces de continuar si ellas no estaban presentes.

—¿Ha participado James en la creación?

—Nos ayudó. —Sonya ensancha la sonrisa.

—¿Ah, sí? —Yo también sonrío—. ¿Cómo va su entrenamiento? ¿Todo bien?

Asienten.

—De hecho, ahora vamos a ir a buscarlo —me informa Sara—. Para su sesión de la tarde. Es un estudiante valiente. Se está adaptando a sus poderes con rapidez.

Casi sin darme cuenta, me yergo un poco más e hincho el pecho como un pavo. No sé qué derecho tengo a sentirme protector del niño, pero estoy muy orgulloso de él.

Sé que le depara un gran futuro.

—Bueno, vale. —Sostengo en alto la botella—. Gracias por esto. Me la voy a quedar porque es algo increíble. —La agito ligeramente—. Pero no os preocupéis. De verdad. No voy a tener ningún ataque al corazón.

—Bien —dicen las dos al unísono.

Esbozo una media sonrisa.

—Entonces, ¿queréis que le diga a Castle que lo estáis buscando?

Asienten.

—¿Y no me vais a decir el motivo de tanta urgencia?

Sara y Sonya intercambian una mirada.

Arqueo una ceja. Finalmente, Sara dice:

—¿Te acuerdas cuando dispararon a Juliette?

—Eso fue hace tres días, Sara. —Le dedico una mirada incrédula—. Como si lo fuera a olvidar.

Sonya interviene.

—Sí, pero, lo que no sabes..., lo que nadie aparte de Warner y Castle sabe..., es que algo le ocurrió a Juliette cuando le dispararon. Algo que no fuimos capaces de curar.

—¿Qué? —exclamo tajante—. ¿A qué te refieres?

—En las balas había un tipo de veneno—explica Sara—. Algo que le estaba causando alucinaciones.

Me la quedo mirando, aterrorizado.

—Hemos estado estudiando las propiedades del veneno durante días, intentando hallar un antídoto. Pero al final hemos descubierto algo... inesperado. Algo incluso más importante.

Después de un segundo de silencio, no aguanto más.

—¿Y bien? —insisto, haciendo un gesto con la mano animándolas a continuar.

—De verdad que queremos contártelo todo —dice Sonya—, pero tenemos que hablar con Castle antes. Tiene que ser el primero en saberlo. —Vacila—. Solo te puedo decir que creemos que hemos descubierto algo que tiene una relación directa con los tatuajes del cadáver del asaltante de Juliette.

—El tipo al que mató Nazeera —digo al recordarlo—. Le salvó la vida a Juliette.

Asienten.

Otra punzada de temor en el pecho.

—Está bien. —Termino la conversación, intentando hablar con voz tranquila, estable. No quiero inquietarlas con mis propias preocupaciones—. Vale. Le diré a Castle que vaya a buscaros de inmediato. ¿Estaréis en el ala médica?

Vuelven a asentir.

Y entonces, mientras me estoy alejando, Sara me llama.

Me doy la vuelta.

—Dile... —Vuelve a vacilar, y parece tomar una decisión—. Dile que es sobre el sector 241. Dile que creemos que es un mensaje. De Nouria.

—¿Qué? —Me quedo paralizado en el sitio, escéptico—. Eso es imposible.

—Sí —conviene Sara—. Ya lo sabemos.

Voy por las escaleras.

No tengo tiempo para esperar al ascensor y, además, mi cuerpo está demasiado lleno de energía nerviosa en este momento como para estarme quieto. Subo los escalones de dos en dos y de tres en tres, volando mientras apoyo una mano en la barandilla para no perder el equilibrio.

No creía que este día pudiera volverse más loco.

Nouria.

Mierda.

No sé cómo va a reaccionar Castle cuando oiga su nombre. No ha tenido noticias de Nouria desde hace años. No desde…, en fin, no desde que asesinaron a los chicos. Castle me contó que le había dado espacio a Nouria porque creía que necesitaba tiempo. Supuso que hallarían la manera de reencontrarse cuando ella se hubiese recuperado. Pero cuando se erigieron los sectores, se hizo prácticamente imposible contactar con los seres queridos. Internet fue una de las primeras cosas que el Restablecimiento abolió, y sin él el planeta se convirtió, en un abrir y cerrar de ojos, en un lugar más grande y estremecedor. Todo era más difícil. Todo el mundo se sentía desamparado. No creo que nadie se diera cuenta de lo mucho que confiábamos en internet para prácticamente todo hasta que las luces se apagaron. Se requisaron los ordenadores y los teléfonos. Los destruyeron. Persiguieron a los piratas informáticos y los colgaron públicamente.

Las fronteras se cerraron sin autorización.

Y luego el Restablecimiento despedazó a las familias. A propósito. Al principio hicieron ver que lo hacían por el bien de la humanidad. Lo catalogaron como una nueva forma de integración. Dijeron que las relaciones raciales estaban en su peor momento porque todos nosotros estábamos demasiado aislados los unos de los otros, y que parte del problema provenía de que la gente había formado unidades familiares muy extensas —el Restablecimiento se refería a las grandes familias como dinastías— y que esas dinastías solo reforzaban la homogeneidad dentro de comunidades homogéneas. Dijeron que la única manera de arreglarlo era despedazar esas dinastías. Hicieron cálculos que los ayudaron a manufacturar la diversidad mediante la reconstrucción de comunidades con ratios específicas.

Pero no tardaron demasiado en dejar de fingir que les importaban una mierda las comunidades diversas. Pronto, una pequeña infracción fue motivo suficiente para que te separaran de tu familia. Llegabas un día tarde al trabajo y a veces te enviaban —o peor, a alguien a quien querías— a la otra punta del mundo. Tan lejos que jamás serías capaz de encontrar el camino de vuelta.

Eso es lo que le ocurrió a Brendan. Lo alejaron de su familia y lo enviaron aquí, al sector 45, cuando tenía quince años. Castle lo encontró y lo acogió. Lily igual. Venía de lo que antes era Haití. La separaron de sus padres cuando tenía solo doce años. La metieron en una casa de acogida con otro montón de niños desplazados. Eran orfanatos glorificados.

Yo hui de uno de esos orfanatos cuando tenía ocho años.

A veces pienso que ese es el motivo por el que me preocupo tanto por James. Siento una conexión con él, en cierto sentido. Cuando estábamos juntos en la base, Adam nunca me dijo que su hermano pequeño prácticamente vivía en uno de esos orfanatos. No fue hasta aquel día que estábamos huyendo —cuando James y yo nos tuvimos que esconder juntos mientras Adam y Juliette intentaban encontrar un coche— cuando me di cuenta de dónde estábamos. Eché un vistazo alrededor de aquel terreno y comprendí qué era ese el lugar en realidad.

Y quiénes eran todos aquellos niños.

James era más afortunado que los demás; no solo tenía un pariente vivo, sino que era uno que vivía cerca, uno que se podía permitir alojarlo en un apartamento privado. Pero cuando le pregunté a James sobre su «escuela» y sus «amigos» y sobre Benny, la mujer que se suponía que tenía que llevarle las comidas proporcionadas por el gobierno de manera regular, obtuve todas las respuestas que necesitaba.

James podía dormir en su propia cama por la noche, pero se pasaba los días en el orfanato, con otros niños huérfanos. Adam le pagaba a Benny un poco más para que le echara un ojo a James, pero al final su lealtad residía en el cheque. A fin de cuentas, James era un niño de diez años que vivía solo.

Quizá todo eso sea el motivo por el que creo que entiendo a Adam. Por qué peleo por él, aunque sea un idiota. Se presenta como un tipo malhumorado y explosivo —y a veces es un imbécil rematado—, pero debe de ser duro ver que tu hermano pequeño vive solo en una instalación para niños abandonados y torturados. Te debe de matar el alma lentamente observar cómo un niño de diez años lloriquea y grita en mitad de la noche porque sus pesadillas no dejan de empeorar, y no importa lo que hagas, no parece ser que lo puedas solucionar.

Viví durante meses con Adam y James. Presencié el ciclo cada noche. Y observé, cada noche, cómo Adam intentaba calmar a James. Cómo mecía a su hermano en los brazos hasta que el sol despuntaba. Creo que por fin James está mejor, pero a veces no estoy seguro de que Adam se vaya a recuperar de los golpes con los que ha tenido que lidiar. Está claro que tiene trastorno de estrés postraumático. Creo que ya ni duerme. Mucho me temo que está perdiendo la cabeza poco a poco.

Y a veces me pregunto...

Si yo tuviera que vivir con eso cada día, me pregunto si yo también me volvería loco. Porque lo inaguantable no es el dolor. Es la desesperanza. Es esa desesperanza la que te hace actuar de manera imprudente.

Yo lo sé.

Solo tardé dos horas en el orfanato antes de darme cuenta de que ya no podía confiar en los adultos, y cuando Castle me encontró en plena huida —era un niño de nueve años que intentaba mantenerse caliente dentro de un carro de la compra en la calzada de una carretera—, estaba tan desilusionado con el mundo que creía que no me iba a recuperar nunca. Castle tardó mucho tiempo en ganarse mi confianza por completo; al principio, me pasaba todo el tiempo libre abriendo puertas cerradas y husmeando entre sus cosas cuando creía que no me veía. El día en el que me sorprendió sentado en su armario inspeccionando los contenidos de un viejo álbum de fotos, estaba tan seguro de que me iba a atizar en la espalda que casi me lo hago encima. Estaba aterrorizado, activando y desactivando inconscientemente mi invisibilidad. Pero en vez de gritarme, se sentó a mi lado y me preguntó por mi familia; solo le respondí que estaban muertos. Luego quiso saber si le iba a contar lo que había ocurrido. Negué con la cabeza enérgicamente. No estaba preparado para hablar. No creía que fuera a estarlo jamás.

No se enfadó.

Ni siquiera pareció importarle que hubiera rebuscado en sus pertenencias personales. En vez de eso, recogió el álbum de fotos de mi regazo y me contó cosas de su propia familia.

Fue la primera vez que lo vi llorar.

SEIS

Cuando por fin encuentro a Castle, no está solo. Y no está bien.

Nazeera, Haider, Warner y Castle están saliendo de una sala de reuniones a la vez, y solo los hermanos no tienen pinta de estar a punto de vomitar.

Todavía tengo la respiración acelerada, después de bajar a toda velocidad seis pisos por las escaleras, y resuello al decir:

—¿Qué está pasando? —Señalo con la cabeza hacia Warner y Castle—. ¿Por qué vosotros dos estáis tan alarmados?

—Lo hablaremos después —me indica Castle en voz baja. Ni siquiera es capaz de mirarme.

—Me tengo que ir —dice Warner, y se esfuma por el pasillo hacia la lejanía.

Observo cómo se marcha.

Castle está a punto de escabullirse también, pero lo agarro del brazo.

—Eh. —Llamo su atención y lo obligo a que me mire a los ojos—. Las chicas necesitan hablar contigo. Es urgente.

—Sí —confirma, aunque suena forzado—. Acabo de ver todos sus mensajes. Estoy seguro de que puede esperar hasta después del simposio. Necesito un minuto para...

—No puede esperar. —Le mantengo la mirada—. Es urgente.

Al fin, Castle parece captar la gravedad de lo que estoy intentando decirle. Sus hombros se tensan. Entorna los ojos.

—Nouria —le digo.

Y Castle se queda tan asombrado que por un momento temo que se vaya a desplomar.

—No te traería un mensaje que fuera una tontería, señor. Ve. Ahora. Te esperan en el ala médica.

Y también desaparece.

—¿Quién es Nouria?

Al levantar la vista, veo que Haider me observa con curiosidad.

—Su gato —respondo.

Nazeera reprime una sonrisa.

—¿Castle ha recibido un mensaje urgente de su gato?

—No sabía que tenía un gato —comenta Haider, con el ceño fruncido. Tiene un poco de acento, a diferencia de Nazeera, pero su inglés es impecable—. En la base no he visto ningún animal. ¿En el sector 45 está permitido tener animales como mascotas?

—Qué va. Pero no te preocupes, es un gato invisible.

Nazeera intenta reprimir la risa, pero no lo consigue. Tose con violencia. Haider la mira, confundido, y yo espero al momento en el que se dé cuenta de que me estaba metiendo con él. Y entonces...

Me fulmina con la mirada.

—*Hemar.*

—¿Qué dices?

—Te acaba de llamar *idiota* —me explica Nazeera.

—Vaya. Muy bonito.

—*Hatha shlon damaghsiz* —le dice Haider a su hermana—. Vámonos.

—Uy, espera... Eso me ha sonado a un cumplido.

—Me temo que no. —La sonrisa de Nazeera se ensancha—. Te acaba de llamar *imbécil.*

—Qué bien. Bueno, me alegro de estar aprendiendo todas esas palabras tan importantes en árabe.

—No pretendía que fuera una clase de idiomas. —Haider niega con la cabeza, furibundo.

Me lo quedo mirando unos segundos, perplejo de verdad.

—Tu hermano no tiene sentido el humor, ¿eh? —le digo a Nazeera.

—No se le dan bien las ironías —contesta ella, todavía sonriéndome—. Tienes que hacer que se parta de la risa con un chiste o no lo entiende.

—Ay, lo siento mucho. —Me llevo una mano al corazón—. Eso debe de ser muy difícil para ti.

Suelta una carcajada, pero se muerde el labio rápidamente para apagar el sonido. Y se pone seria al replicar:

—No te haces una idea.

—¿De qué habláis? —Haider frunce el ceño.

—¿Ves a qué me refiero?

Me río y me pierdo en sus ojos durante un segundo de más. Haider me lanza una mirada asesina.

La interpreto como una señal para largarme.

—Bueno, ya —digo, y tomo una bocanada de aire—. Será mejor que me marche. El simposio empieza dentro de... —miro mi reloj y abro mucho los ojos— treinta minutos. Mierda. —Levanto la vista—. Adiós.

Lo que tengo delante es todo un espectáculo.

En el público hay alrededor de seiscientos comandantes y regentes, oficiales al mismo nivel que Warner, y el bullicio zumba en el aire. La gente todavía se está acomodando, tomando asiento, y Juliette está sobre el podio. Nuestro grupo está detrás de ella, sobre el escenario, y no voy a mentir... Me parece que es un poco arriesgado. Somos un blanco perfecto para cualquier psicópata que decida presentarse con una pistola. Hemos tomado precauciones, por supuesto. Se supone que no pueden dejar entrar a nadie con ningún tipo de arma, pero eso no significa que no pueda ocurrir. Pero todos estuvimos de acuerdo en que presentarnos así unidos fortalecería el mensaje que queremos transmitir. Las chicas se han quedado en la base —hemos decidido que lo mejor para ellas sería que estuvieran a salvo por si nosotros acabábamos heridos— y James y Adam están desaparecidos en combate. Castle me contó que Adam no quiere participar en nada que sea remotamente hostil. A menos que no le quede otra.

Lo entiendo.

En mis momentos menos comprensivos, puede que lo llame cobarde, pero lo entiendo. Yo también me excluiría voluntariamente si pudiera. Solo que no siento que pueda hacerlo.

Todavía hay demasiadas cosas por las que estoy dispuesto a morir.

De todos modos, Juliette es casi invencible, así que, mientras siga disponiendo de esa energía, todo irá bien. El resto de nosotros somos vulnerables, pero ante la primera señal de peligro tenemos la orden de esparcirnos. Nos superan demasiado en número como para presentar pelea; nuestra mejor opción para sobrevivir es separarnos, dispersarnos.

Ese es el plan.

Ese es el maldito plan.

Apenas hemos tenido tiempo para hablar sobre el plan porque últimamente todo ha sido una locura, pero Castle nos ha dado a todos una charla rápida motivadora antes de que J. subiera al escenario, y ya está. Eso era todo lo que nos iba a dar. Un rápido «buena suerte y espero que no muráis».

Estoy nervioso, sí.

Cambio el peso de pierna y, de repente, me siento inquieto cuando la multitud se queda quieta. Es un mar de caras militares, las rayas icónicas rojas, verdes y azules lucen en todos los uniformes. Sé que son gente normal —con sangre, entrañas y huesos—, pero parecen máquinas. Y todos levantan la cabeza a la vez, pestañeando al unísono cuando Juliette empieza a hablar.

Da muchísimo miedo.

Siempre supimos que nadie de fuera del sector 45 aceptaría voluntariamente a Juliette como su nueva comandante suprema, pero presenciarlo en persona es escalofriante. Está claro que no muestran ningún respeto por ella, y mientras habla sobre su amor por la gente, por los hombres y mujeres trabajadores cuyas vidas fueron despedazadas, puedo ver cómo se esfuerzan por contener la rabia. Hay una razón por la cual tantos siguen siendo leales al Restablecimiento… y la prueba está justo aquí, en esta habitación. A esta gente le pagan mejor. Disfrutan de beneficios, de privilegios. Nunca me lo habría creído si no lo hubiese visto con mis propios ojos, pero cuando eres testigo de lo que la gente está dispuesta a hacer por un cuenco de arroz extra, no puedes borrártelo de la mente. El Restablecimiento mantiene contentos a sus altos cargos. No tienen que inmiscuirse con las masas. Pueden disponer de ropas elegantes y vivir en casas reales en territorios sin regular.

Estos hombres y mujeres que miran con desdén a Juliette mientras habla no quieren su versión del mundo. No quieren perder su rango y los privilegios que comporta. Todo lo que está diciendo sobre los fracasos del Restablecimiento, sobre la necesidad de empezar de cero y devolverle a la gente sus casas, sus familias, sus voces…

Esas palabras son una amenaza a su estilo de vida.

Por lo tanto, no me sorprende para nada cuando la muchedumbre decide que ya ha oído suficiente. Noto que su agitación aumenta drásticamente mientras Juliette habla, y, cuando alguien se levanta de repente y le grita —y se burla de ella—, empiezo a temer que esto no vaya a acabar bien. Juliette se mantiene impasible, sigue hablando incluso cuando más personas del público se ponen en pie para gritar.

Menean los puños y exigen que se la lleven del podio, exigen que la ejecuten por traición, exigen que la encarcelen, como mínimo, por hablar en contra del Restablecimiento, pero apenas se oye su voz por encima del griterío del público.

Y entonces Juliette empieza a chillar.

La cosa no pinta bien. No pinta nada pero nada bien, y mis instintos me impelen a dejarme llevar por el pánico, ya que esto solo puede acabar en un baño de sangre. Intento mirar alrededor y seguir con porte frío, pero cuando mi mirada se cruza con la de Warner sé al instante que lo entiende. Los dos estamos pensando en lo mismo.

En abortar misión.

En salir pitando de aquí lo antes posible.

Y entonces...

—Esto es una emboscada. Dile a tu equipo que huya. Ya.

Giro sobre mis talones en un movimiento exagerado, tan atolondrado que casi pierdo el equilibrio. Estoy oyendo a Nazeera. Oigo a Nazeera. Estoy seguro de estar oyendo su voz. El problema es que no la veo por ningún lado.

¿Me estoy muriendo? Me debo de estar muriendo.

—Kenji. Escúchame.

Me quedo paralizado.

Puedo notar el calor de su cuerpo cerca del mío. Puedo notar su boca en mi oído, el amable susurro de su respiración contra mi piel. Madre mía. Sé cómo funciona. Yo lo inventé, joder.

—Eres invisible —le digo, en voz tan baja que apenas muevo los labios.

Noto el cosquilleo que me hace su pelo en el cuello cuando se acerca un poco más, y tengo que reprimir un escalofrío. Es muy extraño. Es muy extraño sentir tantas emociones a la vez. Horror, miedo, preocupación, deseo. Es desconcertante. Y ella me coloca una mano sobre el brazo y me dice:

—Tenía la esperanza de poder contártelo luego. Pero ahora ya lo sabes. Y ahora debes huir.

Mierda.

Me giro hacia Ian, que está a mi izquierda, y le digo:

—Hora de esfumarse. Vamos.

Ian me mira, abre mucho los ojos durante una fracción de segundo y luego agarra la mano de Lily.

—Corre... ¡Corre! —grita.

El sonido de un disparo parte en dos el silencio.

Parece que todo vaya a cámara lenta. Parece que el mundo se ralentice, se dé la vuelta y vuelva a ponerse del derecho. De alguna manera, creo que puedo ver la bala mientras se desplaza, rápida y fuerte, directamente hacia la cabeza de Juliette.

Golpea su objetivo con un breve sonido sordo.

Apenas respiro. Ya he dejado atrás de aparentar que no estoy aterrorizado. Las cosas se han ido de madre en un instante, y no tengo ni idea de qué va a ocurrir. Sé que debo moverme, debo salir de aquí a toda pastilla antes de que las cosas empeoren, pero... no sé por qué, pero no puedo convencer a mis piernas para que funcionen. No puedo convencerme a mí mismo para apartar la mirada.

Nadie puede.

La multitud está sumida en un silencio de muerte como consecuencia de lo que acaba de suceder. Los asistentes observan a Juliette como si no se creyeran los rumores. Como si quisieran saber si era verdad que esta chica de diecisiete años ha podido asesinar el tirano más intimidante que ha visto alguna vez esta nación y luego plantarse delante de una multitud y quitarse una bala de la frente después de un intento de asesinato, como si el gesto no fuera más incómodo que espantar una mosca.

Supongo que ahora habrán podido confirmar los rumores.

Pero, de repente, Juliette parece estar algo más que molesta. Luce una expresión tanto sorprendida como furiosa mientras mira fijamente los restos de bala que tiene en la palma de la mano. Desde donde me encuentro, parece una moneda quebrada. Y luego, disgustada, la arroja al suelo. El sonido del metal golpeando la piedra es delicado. Elegante.

Y entonces…

Ya está. Todo el mundo se pone como un energúmeno.

La gente pierde la puta cabeza. El público está de pie, vociferando amenazas y obscenidades, y todos sacan armas ocultas en sus cuerpos. *¿De dónde diablos las han sacado? ¿Cómo han podido colarse tantas? ¿Quién es nuestro topo?*

Más disparos rasgan el aire.

Suelto una palabrota en voz alta y me muevo para lanzar a Castle al suelo… y entonces lo oigo. Lo oigo antes de verlo. La exhalación contenida. El golpe seco. Las reverberaciones del escenario bajo mis pies.

Brendan está en el suelo.

Winston solloza. Desesperadamente, me abro camino por entre mis compañeros y me arrodillo para comprobar la herida. A Brendan le han disparado en el hombro. El alivio me inunda el cuerpo. Se pondrá bien.

Le lanzo a Winston la botellita de cristal que contiene las píldoras y le digo que consiga que Brendan se trague unas cuantas, que aplique presión sobre la herida, y le recuerdo que Brendan se va a poner bien, que solo tenemos que llevarlo con Sonya y Sara… y de pronto me acuerdo.

Me acuerdo.

Conozco a esa chica.

Levanto la vista, aterrorizado y grito:

—¡Juliette, no…!

Pero ya ha perdido el control.

SIETE

Está gritando.

Solo está gritando palabras. Solo son palabras. Pero está gritando, gritando todo lo que le permiten los pulmones, con una agonía que parece exagerada, y está causando una devastación que creía imposible. Es como si acabara de… implosionar.

No parece que sea real.

A ver, sabía que Juliette era fuerte… Y sabía que no habíamos descubierto la profundidad de sus poderes… Pero jamás imaginé que fuera capaz de esto.

De esto:

El techo se está partiendo por la mitad. Corrientes sísmicas están sacudiendo las paredes, el suelo, y hacen castañear los dientes. El suelo retumba bajo mis pies. La gente está paralizada en su sitio incluso mientras se tambalea, la habitación vibra a su alrededor. Los candelabros de techo se mecen demasiado rápido y las luces parpadean, un mal augurio. Y entonces, con una última vibración, tres de los enormes candelabros se desprenden del techo y se hacen añicos cuando golpean el suelo.

Las esquirlas de cristal salen volando por todas partes. La habitación pierde la mitad de su luz y, de repente, cuesta ver exactamente qué está ocurriendo. Miro a Juliette y la veo con la mirada fija en un punto, la boca entreabierta, paralizada ante la visión de la devastación, y me doy cuenta de que debe de haber dejado de gritar hace un momento. No puede detenerlo. Ya ha descargado su energía en el mundo y ahora...

La energía tiene que ir a algún lado.

Los temblores se propagan con un renovado fervor por la tarima, lo que provoca nuevas grietas en las paredes, en los asientos y en la gente.

No me lo creo del todo hasta que veo la sangre. Parece falso; durante un segundo, todos los cuerpos inertes en sus asientos con los pechos abiertos en canal. Parece estar planeado, como un chiste malo, como una pésima producción teatral. Pero cuando aparece la sangre, pesada y viscosa, traspasando la ropa y el tapizado, goteando por las manos heladas, sé que nunca nos recuperaremos de esto.

Juliette acaba de asesinar a seiscientas personas a la vez.

No hay manera de recuperarse de esto.

OCHO

Me abro camino a empujones entre los cuerpos silenciosos y pasmados de mis amigos que todavía respiran. Oigo los gemidos suaves y persistentes de Winston y la respuesta estable y consoladora de Brendan, que le asegura que la herida no es tan mala como parece, que se va a poner bien, que ha estado en situaciones peores y ha sobrevivido...

Y sé que mi prioridad en este momento tiene que ser Juliette.

Cuando la alcanzo, la rodeo con los brazos, y su cuerpo frío e indiferente me recuerda a la vez que la encontré encima de Anderson apuntándolo con una pistola al pecho. Estaba tan aterrorizada —tan sorprendida— por lo que había hecho que apenas podía hablar. Parecía que se hubiese retraído a algún lugar dentro de sí misma, como si hubiese encontrado una pequeña habitación en su cerebro y se hubiera encerrado en el interior. Me llevó un minuto persuadirla para que saliera.

Y esa vez ni siquiera había matado a nadie.

Intento que se recupere, le suplico que vuelva a ser ella misma, que restablezca su mente, que vuelva al momento presente.

—Sé que ahora mismo la situación es una puta locura, pero necesito que te quites esto de encima, J. Despierta. Sal de tu cabeza. Tenemos que huir de aquí.

No pestañea.

—Princesa, por favor —le suplico zarandeándola suavemente—. Debemos irnos... ya...

Y cuando veo que sigue sin moverse, supongo que no me queda otra que moverla yo mismo. Empiezo a arrastrarla hacia atrás. Su cuerpo inerte pesa más de lo que esperaba, y emite un sonido sibilante que es casi como un sollozo. El miedo me pone los nervios de punta. Hago señas con la cabeza a Castle y a los demás para que se vayan, para que sigan sin mí, pero cuando miro alrededor, buscando a Warner, me doy cuenta de que no está por ningún lado.

Lo que ocurre a continuación me deja sin aliento.

La habitación se ladea. Mi visión se oscurece, se aclara, y entonces se ensombrece solo por los bordes en un momento de mareo que apenas dura más de un segundo. Me siento desorientado. Trastabillo.

Y de sopetón...

Juliette desaparece.

No de forma figurada. Desaparece literalmente. Se ha esfumado. Primero la tengo en mis brazos y un segundo después estoy abrazando el aire. Pestañeo deprisa, convencido de que estoy perdiendo la cabeza, pero cuando paso la vista alrededor de la habitación empiezo a ver que los asistentes del público se estiran. Sus camisas están raídas y sus rostros arañados, pero ninguno parece muerto. De hecho, empiezan a ponerse en pie, confundidos, y, tan pronto como empiezan a moverse arrastrando los pies, alguien me empuja con fuerza. Levanto la vista y veo a Ian maldiciéndome, ordenándome que me mueva mientras todavía tengamos la oportunidad, e intento devolverle el empujón y decirle que hemos perdido a Juliette, que no localizo a Warner, y no me hace caso, solo se limita a obligarme a avanzar, fuera del escenario, y cuando oigo que el murmullo de la multitud evoluciona a un rugido, sé que no tengo más opción.

Debo marcharme.

MUÉSTRAME

UNO

He perdido el apetito.

Creo que nunca había perdido el apetito.

Pero en este momento estoy mirando una porción estupenda y deliciosa de pastel y, por alguna razón, no me lo puedo comer. Tengo náuseas.

No paro de toquetearlo con las púas del tenedor, cada vez con un poco más de fuerza, y ahora está medio desmoronado y el glaseado, hecho un desastre. Mutilado. No tenía intención de desfigurar un cacho de pastel inocente —es todo un crimen desaprovechar la comida, sobre todo un pastel—, pero hay algo calmante en el movimiento repetitivo y la resistencia suave y amable del bizcocho de vainilla.

Lentamente, me paso la mano libre por la cara.

He tenido días peores. Más pérdidas. Noches de mierda. Pero de algún modo siento que esto es un tipo nuevo de infierno.

La tensión se acumula en mis hombros y forma contracturas que generan un dolor palpitante que se extiende por mi espalda. Intento librarme de él respirando hondo, intento deshacerme del estrés de mis músculos estirándolos, pero nada ayuda. No sé cuánto rato llevo sentado aquí, encorvado sobre una porción sin terminar de pastel. Puede que hayan sido horas.

Echo un vistazo alrededor del comedor medio vacío. ¿Habitación? ¿Tienda?

Definitivamente, es una tienda.

Entrecierro los ojos mientras observo las largas vigas encaladas que sostienen el techo. Quizá esté en una estancia adyacente a la tienda. Hay una lona color crema que cubre todo el exterior, pero desde dentro es obvio que se trata de un edificio sólido independiente. No sé por qué optan por usar tiendas. Espero que tengan algún tipo de propósito práctico, porque de otro modo me parece una tontería. Todo lo demás es bastante sobrio. Las mesas están formadas por tablas de madera sin pulir alisadas por el tiempo. Las sillas son simples. Más madera. Muy básico. Aunque son bonitas, todo es bonito. Este lugar me parece nuevo, limpio, más brillante que cualquier cosa que tuviéramos en el Punto Omega. Es como un campamento lujoso.

El Santuario.

Apuñalo de nuevo el pastel. Es tarde, hace rato que ha pasado la medianoche, y mis razones para estar aquí se vuelven cada vez más insignificantes con cada minuto que pasa. Casi todo el mundo se ha largado, arrastrando sillas, pies, y abriendo y cerrando puertas. Warner y Juliette (¿Ella? Todavía me suena raro) están por aquí en algún lado, pero es probable que sea porque ella está intentando obligarlo a que se trague su propio pastel de cumpleaños. O quizá se lo coma por voluntad propia. Qué más da. Cuando me siento muy mal conmigo mismo, lo odio más de lo habitual.

Cierro los ojos con fuerza. Estoy hecho polvo.

Sé que debería irme, dormir un poco, pero no soy capaz de abandonar el brillo cálido de esta habitación por la soledad fría de mi tienda. Este lugar resplandece. Está claro que a Nouria, la hija de Castle y la líder de esta resistencia, le apasiona la luz. Es su especialidad. Su superpoder. Pero también está por todas partes. Por el techo cuelgan guirnaldas de luces. Las lámparas adornan las paredes y las entradas. Hay un fuego a tierra gigante de piedra en una de las paredes, pero está lleno de luz cálida, no de fuego. Es acogedor.

Además, aquí huele a tarta.

Durante años, lo único que hice fue quejarme por tener que compartir mi intimidad con otra gente, pero ahora que tengo mi propio sitio —una pequeña casa independiente solo para mí— no la quiero. Echo de menos las salas comunes del Punto Omega y el sector 45. Me gustaba ver a mis amigos cuando abría la puerta. Me gustaba oír sus estúpidas voces desconsideradas cuanto intentaba dormir.

Por eso sigo aquí.

Todavía no estoy preparado para quedarme solo.

De hecho, me he pasado toda la noche aquí sentado, observando cómo la gente se emparejaba y desaparecía. Ian y Lily. Brendan y Winston. Sonya y Sara. Nouria y su esposa, Sam. Castle siguiéndoles el rastro.

Todo el mundo sonriente.

Parecen estar esperanzados. Aliviados. Celebran la supervivencia y los escasos momentos de belleza en medio del baño de sangre. Yo, sin embargo, lo único que quiero es gritar.

Suelto el tenedor y me aprieto los ojos con la parte inferior de la mano. Mi frustración lleva horas cociéndose, y finalmente está empezando a desbordar. La noto, noto cómo me aferra el cuello con las manos.

Rabia.

¿Por qué soy el único que está asustado ahora? ¿Por qué soy el único con este pozo de nervios en el estómago? ¿Por qué soy el único que se hace la misma pregunta una y otra y otra y otra vez?

¿Dónde cojones están Adam y James?

Cuando por fin llegamos al Santuario, fuimos recibidos con algarabía, júbilo y entusiasmo. Todo el mundo actuaba como si se tratara de un gran reencuentro familiar, como si hubiese esperanza para el futuro, como si todos fuéramos a estar bien…

A nadie parecía importarle que Adam y James estuvieran desaparecidos.

Yo era el único que contaba a la gente. Yo era el único que miraba alrededor de la habitación, escrutando los ojos de los rostros desconocidos, asomándome por las esquinas y haciendo preguntas. Yo era el único, por lo visto, que no creía que estuviera bien que faltaran dos de mis compañeros de equipo.

—No quería venir. Ya lo sabes.

Esa era la explicación de mierda que Ian había intentado que me tragara un rato antes.

—Kent dejó claro que no se iba a ir —me había dicho Ian—. Literalmente, nos dijo que hiciéramos nuestros planes sin él, y tú estabas sentado justo allí cuando lo dijo. —Ian me miró con los ojos entornados—. No te mientas a ti mismo con este asunto. Adam quiso quedarse atrás con James y solicitar inmunidad. Lo oíste. Déjalo correr.

Pero no podía.

Seguía insistiendo en que sentía que había algo erróneo en la situación. La manera como sucedió todo… sentía que estaba mal. «Algo no está bien», no paraba de decir, y Castle me respondía con amabilidad, como si estuviera hablando con un enajenado, que Adam era el tutor de James, que no era asunto mío, que no importa lo mucho que pueda llegar a querer a James, que no es decisión mía lo que le ocurra.

De lo que nadie parece acordarse es de que Adam soltó esa estúpida idea de quedarse atrás y solicitar inmunidad antes de que supiera que Anderson seguía vivo. Antes de que oyéramos a Delalieu decir que Anderson tenía planes secretos para Adam y James. Eso fue antes de que Anderson hiciera acto de presencia y asesinara a Delalieu y nos metieran a todos en un manicomio.

Algo no está bien.

No me creo ni por un momento que Adam se hubiera querido quedar en el sector 45 —y poner en riesgo la vida de James— de haber sabido que Anderson iba a estar allí. Adam puede ser un imbécil a veces, pero se ha pasado toda la vida intentando proteger a su hermano de diez años de su padre. Antes moriría que permitir que James estuviera al alcance de Anderson, especialmente sobre todo después de oír los oscuros planes que tenía él para los hermanos. Adam no lo haría, no se arriesgaría. Lo sé. Lo sé en el alma.

Pero nadie quiso hacerme caso.

—Venga ya —me dijo Winston en voz baja—. James no es responsabilidad tuya. Pase lo que le pase, no es culpa tuya. Tenemos que seguir adelante.

Era como si estuviera hablando en otro idioma. Como si le estuviera gritando a la pared. Todo el mundo creía que estaba exagerando. Que estaba siendo demasiado emocional. Nadie quería escuchar mis miedos.

Al final, Caste dejó de responder a mis preguntas. Se limitó a empezar a suspirar a menudo, como hacía cuando yo tenía doce años y me sorprendía intentando esconder a perros callejeros en mi habitación. Esta noche, justo antes de irse, me ha dedicado una irada, una mirada que decía claramente que sentía compasión por mí, y no sé qué demonios se supone que tengo que hacer con eso.

Incluso Brendan, el amable y compasivo Brendan, ha negado con la cabeza y ha dicho:

—Adam tomó una decisión. A todos nos ha resultado duro perderlos, Kenji, pero tienes que dejarlo correr.

Y una mierda.

No lo he dejado correr.

No lo voy a dejar correr.

Levanto la vista y me concentro en los restos de la gigante tarta de cumpleaños de Warner. Está ahí, descansando sobre una mesa en el centro de la sala, y me golpea una necesidad imperiosa de atravesarla con el puño. Mis dedos se aprietan alrededor del tenedor de nuevo, un impulso inconsciente que no me tomo la molestia de analizar.

No estoy enfadado por que celebremos el cumpleaños de Warner. Es un gesto bonito, lo entiendo, nunca nadie le había organizado una fiesta de cumpleaños. Pero ahora mismo no estoy de humor para celebraciones. Ahora mismo me gustaría darle un puñetazo a esa mierda de tarta decorada y lanzarla a la pared. Me gustaría agarrarla y lanzarla a la pared y luego le haría...

Un calor eléctrico me sube por la espalda, y me enderezo al observar, como si lo viera a mucha distancia, cómo una mano se cierra alrededor de mi puño. Noto que tira de él, intentando liberar el tenedor de mi agarre. Y entonces la oigo reír.

De repente, me siento mareado.

—¿Estás bien? —me pregunta—. Lo sujetabas como si fuera un arma. —Suena como si estuviera sonriendo, pero me es imposible saberlo. Sigo observando el vacío, forzando la visión hacia la nada. Nazeera ha conseguido liberar el tenedor de mi mano y ahora estoy sentado aquí, con la mano abierta y paralizada, intentando alcanzar algo.

Noto que toma asiento a mi lado.

Incluso estando separados puedo notar su calor, su presencia. Cierro los ojos. No hemos hablado propiamente. Al menos no sobre nosotros. No sobre lo fuerte que me late el corazón cuando ella está cerca, y definitivamente no sobre cómo ella ha inspirado todas las fantasías inapropiadas que me infestan la mente. De hecho, desde el breve encuentro en mi habitación, no hemos hablado de nada que no fuera estrictamente profesional, y tampoco estoy seguro de si deberíamos. No serviría para nada.

Besarla fue una estupidez.

Soy idiota, Nazeera probablemente esté loca, y lo que ocurrió entre nosotros fue un gran error. Sigue entrometiéndose en mi cabeza, confundiendo mis emociones, y yo intento recordarme a mí mismo, intento convencerme de entender la lógica, pero por alguna razón mi cuerpo no lo asimila. Igual como mi biología reacciona a su mera presencia, se podría decir que me está dando un ataque al corazón.

O un aneurisma.

—Ey. —Su voz suena seria ahora, ha dejado de sonreír—. ¿Qué ocurre?

Niego con la cabeza.

—No me hagas ese gesto. —Se ríe—. Has asesinado tu pastel, Kenji. Está claro que algo va mal.

Al oír eso, me giro un centímetro. La observo por el rabillo del ojo.

Como respuesta, ella pone los ojos en blanco.

—Ay, por favor —se exaspera, y clava el tenedor, mi tenedor, en el pastel desparramado—. Todo el mundo sabe que te encanta la comida. Siempre estás comiendo. Rara vez dejas de comer el tiempo suficiente como para hablar.

Pestañeo.

Nazeera recoge un poco del glaseado del plato y sostiene en alto el tenedor, como si fuera una piruleta, antes de metérselo en la boca. Y solo cuando lo ha relamido hasta dejarlo limpio le digo:

—Ese tenedor ha estado en mi boca.

—Creía que no te lo ibas a comer. —Ella vacila. Mira el pastel.

—Ahora seguro que no —replico—, pero le he dado un par de bocados.

Y hay algo en la manera como se tensa, algo en la manera humillada en la que me dice:

—Cómo no… —Mientras baja el tenedor, libera el puño que noto que me estruja la columna. Su reacción es muy infantil, como si no nos hubiésemos besado ya, como si no supiéramos ya lo que es probar las mismas cosas al mismo tiempo, que no puedo evitarlo. Me echo a reír.

Un segundo después, ella también se ríe.

Y, de pronto, casi me siento humano de nuevo.

Suspiro, aflojando una parte de la tensión de mis hombros. Apoyo los codos en la mesa de madera y la cabeza en las manos.

—Eh —arrulla suavemente—. Ya sabes que a mí me lo puedes contar.

Su voz está cerca. Cálida. Respiro hondo.

—¿Contarte el qué?

—Lo que te pasa.

Me vuelvo a reír, pero esta vez el sonido es un poco más amargo. Nazeera es la última persona con la que quiero hablar. Debe de ser algún tipo de chiste cruel que de todas las personas que conozco sea ella la que finja preocuparse.

Suspiro mientras me levanto, frunciendo el ceño a la nada.

Localizo a Juliette en la otra punta de la habitación —largo cabello castaño y sonrisa eléctrica— en menos de un segundo. Ahora mismo, mi mejor amiga solo tiene ojos para su novio, y estoy a la vez molesto y resignado por este hecho. No puedo culparla por querer disfrutar un poco esta noche; sé que ha pasado por un infierno.

Pero ahora mismo yo también la necesito.

Ha sido una noche difícil, y quería hablar con ella antes, preguntarle qué piensa sobre la situación de Adam y James, pero no había avanzado ni la mitad de la habitación cuando Castle me ha obligado a retroceder. Me ha hecho prometerle que la dejaría en paz esta noche. Me ha dicho que era importante para J. pasar algo de tiempo a solas con Warner. Castle quería que tuvieran algunos instantes de paz; una noche sin interrupciones para recuperarse de todo lo que han vivido. He puesto los ojos tan en blanco que casi me quedo sin iris.

Nadie me da nunca a mí una noche entera sin interrupciones para recuperarme de toda la mierda que he vivido. Nadie se preocupa de verdad por mi estado emocional; nadie excepto J., si digo la verdad.

La sigo mirando, haciéndole dos agujeros en la espalda con los ojos. Quiero que me vea. Sé que, si pudiera verme, sabría distinguir que algo va mal y se acercaría a mí. Sé que lo haría. Pero lo cierto es que no es solo Castle el que me mantiene alejado para no arruinarle la noche; después de todo lo que han vivido, Warner y ella merecen de veras un reencuentro como es debido. También creo que, si intentara separarla de Warner en este momento, me intentaría matar de verdad.

Pero a veces me pregunto...

«¿Y yo qué?».

¿Por qué mis sentimientos no importan? Las demás personas tienen la oportunidad de experimentar todo un abanico completo de emociones sin que nadie las juzgue, pero yo solo puedo estar feliz; si no, la mayoría de la gente se siente incómoda. Todo el mundo está acostumbrado a verme sonreír, a ser un bobalicón. Soy el tipo divertido, el tipo relajado. Soy con quien todos pueden contar para echarse unas buenas risas. Cuando estoy triste o cabreado, nadie sabe qué hacer conmigo. He intentado hablar con Castle o con Winston, incluso con Ian, pero ninguno ha conectado conmigo de la manera que lo hace J. Castle siempre hace todo lo que puede, pero darle vueltas a las cosas no va con él. Me da treinta segundos para quejarme antes de ofrecerme una charla motivacional, diciéndome que sea fuerte. Ian, por otro lado, se impacienta cuando le cuento demasiadas cosas. Intenta ser empático, pero luego se esfuma a la primera de cambio. Winston escucha. Es un buen oyente, al menos. Pero luego, en vez de responder a lo que le acabo de decir, se dedica a hablar de todas las cosas con las que ha tenido que lidiar, y, aunque entiendo que él también necesita desahogarse, al final acabo sintiéndome diez veces peor.

Pero con Juliette...

¿Ella?

Con ella es distinto. Nunca me había dado cuenta de todo lo que me estaba perdiendo hasta que por fin llegamos a conocernos. Me deja hablar. No me apremia. No me dice que me tranquilice ni me da mensajes tópicos de mierda ni me asegura que todo va a salir bien. Cuando intento sacar las cosas de dentro del pecho, no encamina la conversación hacia ella ni hacia sus problemas. Me entiende. Lo sé. No hace falta que diga nada. Puedo mirarla a los ojos y saber que lo comprende. Le importo, joder, lo demuestra como nadie. Es lo mismo que la convierte en una líder fabulosa: se preocupa genuinamente por las personas. Se preocupa por sus vidas.

—¿Kenji?

Nazeera me está tocando la mano de nuevo, pero esta vez la aparto, con una sacudida extraña en mi asiento. Y cuando al fin levanto la vista hacia sus ojos…, me sorprendo.

Parece estar preocupada de corazón.

—Kenji —repite—. Me estás asustando.

DOS

Niego con la cabeza mientras me pongo en pie, haciendo todo lo posible por aparentar serenidad.

—No es nada —le digo, pero todavía tengo la mirada clavada en la otra punta de la sala.

J. se está riendo con algo que ese chico guapo le acaba de decir, y entonces él sonríe, y ella le devuelve la sonrisa, y sigue sonriendo cuando él se inclina hacia ella y le susurra algo al oído y yo observo, en directo, cómo su rostro se ruboriza. Y luego la toca, la besa allí mismo, justo delante de todo el mundo y...

Me doy la vuelta con un giro seco.

Está claro que no debería de haberlo visto.

Técnicamente, no están «delante de todo el mundo». No hay un «todo el mundo». Como mucho hay cinco personas en esta habitación. Y J. y Warner se han colocado tan lejos de los demás como han podido, encajados en una de las esquinas de la sala. Estoy bastante seguro de que acabo de violar su intimidad.

Sí, definitivamente debería irme a la cama.

—Estás enamorado de ella, ¿verdad?

Eso sí que me despierta.

Giro sobre mis talones. Nazeera me está mirando como si se creyera que es algún tipo de genio, como si por fin hubiese desvelado los misterios secretos de Kenji.

Como si yo fuera tan fácil de comprender.

—No sé cómo no lo he visto antes —añade—. Vosotros dos tenéis una relación muy extraña e intensa. —Hace un gesto negativo con la cabeza—. Claro que estás enamorado de ella.

Madre de Dios. Estoy muy cansado de esto.

Paso por al lado de Nazeera, poniendo los ojos en blanco mientras me marcho.

—No estoy enamorado de ella.

—Estoy bastante segura de saber cuándo...

—No sabes nada, ¿vale? —Me detengo. Me giro para mirarla—. No sabes una mierda de mí. Igual que yo no sé una mierda de ti.

—¿Qué se supone que significa eso? —Sus cejas recorren toda su frente.

—No hagas eso —le digo señalándola—. No te hagas la tonta.

Y salgo por la puerta. Voy por a mitad del sendero iluminado tenuemente que lleva hasta mi tienda cuando vuelvo a oír su voz.

—¿Sigues enfadado conmigo? —me pregunta—. ¿Por el incidente con Anderson?

Me detengo con tanta brusquedad que por poco tropiezo. Me doy la vuelta, y ahora la miro, y no puedo evitarlo: estallo en una carcajada, y parezco un loco.

—¿El incidente de Anderson? ¿En serio? ¿Te refieres al incidente en el que se presentó, de regreso de entre los muertos y listo para matarnos a todos, porque tú le dijiste dónde estábamos? ¿O te refieres al incidente de cuando mató a Delalieu? O espera... ¿Quizá te refieres al incidente cuando nos metió a todos en un manicomio para que nos pudriéramos hasta morir? ¿O quizá sea el incidente en el que me ataste, me amordazaste, me drogaste y me arrastraste hacia un avión con él hasta la otra punta de este puto mundo?

Se mueve a la velocidad del rayo y se planta delante de mí en cuestión de segundos. La furia hace que le tiemble la voz:

—Todo eso lo hice para salvarte la vida. Os salvé la vida a todos. Deberías agradecérmelo... Y en vez de eso estás aquí gritándome como si fueras un niño pequeño, cuando yo sola salvé a todo tu equipo de una muerte segura. —Niega con la cabeza—. Eres increíble. No tienes ni idea de cuánto puse en riesgo para que ocurriera, y no es culpa mía si no consigues entenderlo.

El silencio nos envuelve y nos separa.

—¿Sabes qué me hace gracia? —Meneo la cabeza en un gesto negativo y levanto la vista hacia el cielo nocturno—. Esto —especifico—. Esta conversación me hace gracia.

—¿Estás borracho?

—Basta. —Clavo los ojos en los suyos con mirada sombría—. Deja de subestimar mi mente. ¿Crees que soy demasiado estúpido como para entender las tonterías más básicas de una misión de rescate? Claro que lo entiendo —digo irritado—. Entiendo que tuvieras que hacer algunas cosas turbias para que pudiéramos escapar. No estoy enfadado por eso. Estoy enfadado ahora porque no sabes comunicarte.

Veo cómo le cambia el semblante. El fuego se desvanece de sus ojos, la tensión se libera de sus hombros. Y entonces me mira pestañeando...

Confundida.

—No lo entiendo —murmura Nazeera con voz queda.

El sol hace horas que se ha puesto, y el oscuro sendero sinuoso está iluminado solo por lámparas bajas y por la luz difusa de las tiendas cercanas. Ese resplandor la baña. Brilla. Está más preciosa que nunca, lo cual me causa un gran pavor, si he de decir la verdad. Sus ojos son grandes y resplandecientes, y me está mirando como si solo fuera una chica y yo solo fuera un chico y no fuéramos un par de idiotas que se dirigen directamente al sol. Como si no fuéramos asesinos los dos, más o menos.

Suspiro. Me paso una mano por el pelo. Las ganas de discutir han abandonado mi cuerpo y, de repente, me noto tan cansado que no estoy seguro de poner mantenerme en pie.

—Me tengo que ir a la cama —le digo, e intento pasar por su lado.

—Espera...

Me agarra del brazo, y por poco me aparto de un salto ante la sensación. Doy un paso atrás, desconcertado, pero ella se adelanta y de pronto estamos tan cerca que prácticamente puedo sentir su respiración. La noche es muy silenciosa y nítida, y en esta oscuridad titilante ella es lo único que puedo ver. Respiro, embriagándome con su aroma —algo sutil, algo dulce—, y el recuerdo me golpea con tanta fuerza que me deja sin aire en los pulmones.

Sus brazos alrededor de mi cuello.

Sus manos en mi pelo.

La manera en la que me sujetó contra la pared, la manera en la que nuestros cuerpos se deshicieron el uno con el otro, la manera en la que me pasó las manos por el pecho y me dijo que era precioso. Los sonidos suaves y desesperados que profirió cuando la besé.

Ahora sé lo que es tenerla en los brazos. Sé lo que es besarla, lamer a curva de sus labios, sentir cómo jadea contra mi cuello. Todavía puedo saborearla, notar su figura, su fuerza y su suavidad bajo mis manos. Ni siquiera la estoy tocando y es como si estuviera ocurriendo de nuevo, fotograma a fotograma, y no puedo despegar los ojos de su boca porque ese maldito *piercing* de diamante no deja de reflejar la luz, y durante un momento —solo un instante— casi pierdo la cabeza y la vuelvo a besar.

Mi cabeza está llena de ruido, con la sangre que me sube a las sienes.

Me vuelve loco. Ni siquiera sé por qué me gusta tanto. Pero no tengo ningún tipo de control sobre cómo reacciona mi cuerpo cuando ella está cerca. Es salvaje, ilógico y me encanta. Y lo odio.

Algunas noches me quedo dormido mientras rememoro los recuerdos: sus ojos, sus manos, su boca...

Pero los recuerdos siempre terminan en el mismo sitio.

«Nunca funcionaría, ¿sabes? No somos... —Hace un gesto entre nuestros cuerpos para indicar algo que no entiendo—. Somos muy distintos, ¿verdad?».

—¿Kenji?

Sí. Claro. Joder, qué cansado estoy.

Doy un paso atrás.

El aire frío de la noche es punzante y me serena, y cuando al final vuelvo a mirarla a los ojos, tengo la cabeza despejada.

Pero mi voz suena extraña cuando le digo:

—Debería irme.

—Espera —repite Nazeera, y me apoya la mano en el pecho.

Me apoya la mano en el pecho.

Tiene la mano sobre mi cuerpo como si yo le perteneciera, como si fuera tan fácil detenerme y conquistarme. Una llama de indignación prende en mi interior. Está claro que está acostumbrada a conseguir lo que quiere. O lo consigue o lo toma a la fuerza.

Le retiro la mano de mi pecho. No parece darse cuenta.

—No lo entiendo —tercia ella—. ¿Qué quieres decir con que no me sé comunicar? Si no te conté nada de la misión, fue porque no necesitabas saberlo.

Pongo los ojos en blanco.

—¿Crees que no tenía que saber que habías puesto en aviso a Anderson? ¿Crees que ninguno de nosotros necesitaba saber que él estaba (a) vivo y (b) de camino a matarnos? ¿No pensante en avisar a Delalieu de que cerrara la boca el tiempo suficiente como para evitar que lo mataran? —Mi frustración va en aumento—. Me podrías haber dicho que nos ibas a meter en el manicomio temporalmente. Me podrías haber dicho que me ibas a drogar... No había ninguna necesidad de dejarme inconsciente, secuestrarme y permitir que pensara que me iban a ejecutar. Habría ido por voluntad propia —le espeto, con el tono de voz cada vez más alto—. Te habría ayudado, maldita sea.

Pero Nazeera permanece impertérrita. Con los ojos fríos.

—Si de verdad crees que fue así de fácil, está claro que no tienes ni idea de las cosas con las que estoy lidiando —responde en voz baja—. No podía poner en riesgo...

—Y está claro que tú no tienes ni idea de trabajar en equipo —la interrumpo—. Y eso te convierte en un lastre.

Pone los ojos como platos de la rabia.

—Vas a tu aire, Nazeera. Vives siguiendo un código moral que no entiendo, que básicamente significa que haces lo que te viene en gana, y cambias de alianzas cuando te parece bien o conveniente. A veces te cubres el pelo, y solo cuando crees que es seguro, porque es un gesto rebelde, pero en realidad no hay ningún tipo de compromiso. No te alineas con ningún grupo, y todavía haces lo que diga tu padre hasta que decides, durante un tiempo, que no quieres escuchar al Restablecimiento.

»Eres impredecible —continúo—. En todos los aspectos. Hoy estás de nuestro lado... Pero ¿qué me dices de mañana? —Niego con la cabeza—. No tengo ni idea de cuáles son tus motivaciones reales. Nunca sé qué piensas en realidad. Y nunca puedo bajar la guardia cuando estás cerca... Porque no tengo manera de saber si te estás limitando a usarme. No puedo confiar en ti.

Se me queda mirando, quieta como una estatua, y no dice nada durante lo que me parece un siglo. Al final, da un paso atrás. Sus ojos son inescrutables.

—Deberías tener cuidado —me advierte—. Ha sido un discurso peligroso que decirle a alguien en quien no confías.

Pero no cuela. No esta vez.

—Y una mierda —contesto—. Si quisieras matarme, lo habrías hecho hace mucho tiempo.

—Puede que cambie de opinión. Por lo visto, soy impredecible. En todos los aspectos.

—Pues muy bien —mascullo—. Me largo.

Niego con la cabeza y me marcho. Estoy cinco pasos más cerca a poder dormir y estar tranquilo cuando me grita furiosa:

—¡Me abrí a ti! Bajé la guardia contigo, aunque tú no puedas hacer lo mismo por mí.

Eso me detiene en seco.

Giro en redondo.

—¿Cuándo? —le grito de vuelta levantando las manos por la frustración—. ¿Cuándo has confiado en mí? ¿Cuánto te has abierto? Nunca. No… Tú solo te preocupas por tus cosas, cuando quieres y como quieres, y que les zurzan a las consecuencias, y esperas que al resto le parezca bien. Bien, pues yo digo que eso es una mierda, ¿vale? Y no voy a formar parte de eso.

—¡Te conté lo de mis poderes! —vocifera con las manos apretadas en puños a los lados del cuerpo—. ¡Os conté todo lo que sabía sobre Ella y Emmaline!

Exhalo un suspiro largo y cansado. Doy unos pasos hacia Nazeera, pero solo porque no quiero seguir gritando.

—No sé cómo explicarte esto —le digo con voz firme—. A ver, lo estoy intentando. De verdad. Pero no sé cómo… Escucha, entiendo que revelarme que puedes hacerte invisible supusiera algo muy importante para ti. Lo comprendo. Pero hay una diferencia enorme entre compartir una cantidad de información clasificada con un grupo grande de gente y abrirte conmigo. Yo no… No quiero… —Me quedo callado y aprieto los dientes con demasiada fuerza—. ¿Sabes qué? Déjalo correr.

—No, sigue —me alienta, apenas conteniendo su propia ira—. Dilo. ¿Qué es lo que no quieres?

Al final, la miro a los ojos. Centellean. Furiosos. Y no sé qué ocurre exactamente, pero mirarla desata algo en mi cerebro. Algo desagradable. Sin filtros.

—No quiero esta versión tuya esterilizada —le suelto—. No quiero la persona fría y calculadora que tienes que ser para todos los demás. Esta versión tuya es cruel, insensible y no profesa lealtad a nadie. No eres una buena persona, Nazeera. Eres egoísta, condescendiente y arrogante. Pero podría tolerar todo eso, te lo juro, si sintiera que tuvieras un corazón ahí dentro, en algún lugar. Porque si vamos a ser amigos… Si vamos a ser algo… Debo poder confiar en ti. Y no confío en las amistades por conveniencia. No confío en las máquinas.

Reparo demasiado tarde en mi error.

Nazeera parece haberse quedado conmocionada.

No para de pestañear, y, durante un instante largo y lacerante, su exterior pétreo cede ante una emoción cruda y temblorosa que hace que parezca una niña. Levanta la vista hacia mí y de repente me parece más pequeña, joven, asustada y pequeña. Sus ojos brillan, empañados por la emoción, y la imagen completa es tan devastadora que me golpea con fuerza, como un puñetazo en el estómago.

Un instante después, desaparece.

Aparta el rostro, encierra sus sentimientos y se recoloca la máscara.

Me siento paralizado.

Acabo de cagarla a nivel estratosférico y no sé cómo arreglarlo. No sé qué protocolo seguir. Tampoco sé cómo ni cuándo, exactamente, me he convertido en un imbécil de esta magnitud, pero creo que pasar tanto tiempo con Warner no me ha hecho ningún favor.

Yo no soy así. Yo no hago llorar a las chicas.

Pero tampoco sé cómo deshacer este entuerto. Si no digo nada, si me limito a quedarme quieto, parpadeándole al espacio, quizá pueda volver atrás el tiempo. No lo sé. No sé qué va a ocurrir. Solo sé que debo ser un auténtico mierdas, porque cualquiera que sea capaz de hacer que Nazeera Ibrahim llore debe de ser probablemente algún tipo de monstruo. Ni siquiera pensaba que Nazeera pudiera llorar. No sabía que todavía era capaz de hacer eso.

Así de estúpido soy.

Acabo de hacer que la hija del comandante supremo de Asia llore.

Cuando al fin me encara, las lágrimas se han esfumado, pero su voz es fría. Vacía. Y es como si no se pudiera creer que estuviera pronunciando las palabras cuando me dice:

—Te besé. ¿También pensabas que era una máquina entonces?

Mi mente se queda repentinamente en blanco.

—¿Puede?

Oigo cómo respira hondo. El dolor le surca el rostro.

Ay, Dios mío, mi estupidez no tiene fin.

Soy una mala persona.

No tengo ni idea de qué me pasa. Tengo que dejar de hablar. Desearía no estar haciendo esto. No estar aquí. Quiero volver a mi habitación a dormir y no estar aquí. Pero hay algo roto en mi cerebro, en mi boca, en los controles de mi motor general.

Y lo que es peor: no sé cómo salir de esta. ¿Dónde está el botón de eyección de huida para las conversaciones con mujeres preciosas y espeluznantes?

—¿De verdad piensas que haría algo así..., crees que te besaría así..., solo para manipularte?

La miro pestañeando.

Me siento como si estuviera atrapado en una pesadilla. La culpa, la confusión, el cansancio y la rabia se fusionan, agravando el caos que hay en mi cerebro hasta el punto de causarme dolor y, de repente, incomprensiblemente, pierdo la cabeza.

Desesperado, estúpido...

No puedo dejar de gritar.

—¡¿Cómo se supone que tengo que saber qué estarías dispuesta a hacer para manipular a alguien?! —vocifero—. ¿Cómo se supone que tengo que saber nada de ti? ¿Cómo consigo estar en la misma habitación que tú? Toda esta situación es una locura —sigo gritando. Todavía intento hallar la manera de calmarme—. Es decir, no solo sabes cómo matarme de mil maneras distintas, sino que, teniendo en cuenta el hecho de que eres, digamos, la mujer más preciosa que he visto en toda la vida... O sea, sí, tiene mucho más sentido para mí que estuvieras jugando conmigo que creer en algún universo alternativo en el que me encuentras atractivo.

—¡Eres increíble!

—Y tú estás loca de atar.

Se queda con la boca abierta. Literalmente. Y durante un segundo parece estar tan enfadada que creo que quizá me arranque la garganta del cuerpo.

Retrocedo.

—Está bien, lo siento... No estás loca... Pero hace veinte minutos me estabas acusando de estar enamorado de mi mejor amiga. Creo que mis sentimientos están justificados.

—¡La estabas mirando como si estuvieras enamorado de ella!

—Por el amor de Dios, mujer, ¡a ti te miro como si estuviera enamorado!

—Un momento... ¿Qué has dicho?

Cierro los ojos con fuerza.

—Nada. No importa. Me tengo que ir.

—Kenji...

Pero ya me he largado.

TRES

Cuando vuelvo a mi habitación, cierro la puerta y me reclino contra ella para deslizarme hasta el suelo y formar un montoncito patético y triste. Agacho la cabeza entre las manos y, en un instante estremecedor, pienso…

Que ojalá estuviera mi madre aquí.

El sentimiento me golpea de refilón tan rápido que no consigo detenerlo a tiempo. Crece veloz, extendiéndose sin control: una tristeza que alimenta a más tristeza, una autocompasión que me rodea sin piedad. Todas mis experiencias más jodidas —cada desamor, cada decepción— escogen este momento para abrirme en canal, dándose un festín con mi corazón hasta que no queda nada, hasta que la pena me come vivo.

Me derrumbo bajo su peso.

Meto la cabeza entre las rodillas y me envuelvo las espinillas con los brazos. Unos latigazos de dolor se desatan en mi pecho, unos dedos atraviesan mis costillas y me constriñen los pulmones.

No puedo respirar.

Al principio, no noto las lágrimas que se me derraman por la cara. Al principio solo oigo mi respiración, afectada y sofocada, y no entiendo el sonido. Levanto la cabeza, perplejo, y me obligo a reír, aunque es un sonido extraño, estúpido. Yo soy estúpido. Me presiono los ojos con los puños y aprieto los dientes, haciendo retroceder las lágrimas de vuelta a mi cráneo.

No sé qué me pasa esta noche.

Me noto extraño, desequilibrado. Como si añorara algo. Estoy perdiendo de vista mi propósito, mi empeño para alcanzar la meta. Siempre me digo que peleo cada día por la esperanza, por la salvación de la humanidad, pero cada vez que sobrevivo y regreso ante más pérdida y devastación, algo se afloja en mi interior. Es como si la gente y los lugares que amo fueran las tuercas y los tornillos que me mantienen unido; sin ellos, solo soy chatarra de metal.

Suelto un suspiro largo y tembloroso. Bajo la cara a mis manos.

Casi nunca me permito pensar en mi madre. Casi nunca. Pero ahora mismo, algo de la oscuridad, el frío, el miedo y la culpa, la confusión que me genera Nazeera...

Desearía poder hablar con mi madre.

Ojalá estuviera aquí para abrazarme, para guiarme. Ojalá pudiera perderme en sus brazos como solía hacer, ojalá pudiera sentir sus dedos en la cabeza al final de una noche larga, masajeándome para aliviar la tensión. Cuando tenía pesadillas o cuando papá estaba ausente durante demasiado tiempo en busca de trabajo, ella y yo pasábamos la noche en vela juntos, sosteniéndonos mutuamente. Me aferraba a ella, y me mecía con suavidad, pasándome los dedos por el pelo, susurrándome chistes al oído. Era la persona más divertida que he conocido jamás. Muy lista. Muy ingeniosa.

Dios mío, cuánto la echo de menos.

A veces la echo tanto de menos que creo que el pecho se me derrumba. Siento que me estoy hundiendo en el sentimiento, como si no fuera a ser capaz de sacar la cabeza para respirar. Y a veces pienso que me podría morir ahí, en esos momentos, violentamente ahogado por la emoción.

Pero al cabo de un rato, por obra de un milagro la sensación se reduce centímetro a centímetro. Es un acto lento y lacerante, pero al final la catarata se despeja, y de algún modo estoy vivo de nuevo. Y solo de nuevo.

Aquí, en la oscuridad, con mis recuerdos.

A veces me siento tan solo en este mundo que no puedo ni respirar.

Castle ha recuperado a su hija. Mis amigos han encontrado todos pareja. Hemos perdido a Adam. A James. A todos los demás del Punto Omega también. Todavía me sacude en ocasiones. Todavía me arrolla cuando me olvido de enterrar los sentimientos a suficiente profundidad.

Pero no puedo seguir así. Me estoy haciendo pedazos, y no tengo tiempo para eso. La gente me necesita, depende de mí.

Tengo que aclarar las ideas, joder.

Me pongo de pie a trompicones, apoyando la espalda contra la puerta mientras recobro el equilibrio. He estado sentado en la oscuridad, en el frío, con la misma ropa que llevo desde hace una semana. Me recuperaré, solo necesito un cambio de ritmo.

Es probable que James y Adam estén bien.

Tienen que estarlo.

Me dirijo al baño, enciendo las luces mientras avanzo y abro el grifo. Me quito la ropa desgastada —prometo prenderle fuego en cuanto pueda— y abro algunos cajones para repasar los artículos básicos y las prendas de algodón que Nouria dijo que tendríamos guardados en nuestras habitaciones. Satisfecho, me meto en la ducha. No sé cómo han conseguido obtener agua caliente aquí, y no me importa.

Es perfecto.

Me apoyo contra los fríos azulejos mientras el agua caliente me salpica en la cara. Al final, me hundo hasta el suelo, demasiado cansado como para tenerme en pie.

Dejo que el calor me hierva vivo.

CUATRO

Creía que la ducha obraría algún tipo de cura restaurativa, pero no ha funcionado tan bien como esperaba. Me noto limpio, que ya es algo, pero me sigo sintiendo mal. Físicamente mal, digamos. Creo que puedo gestionar mejor mis emociones, pero... no lo sé.

Creo que tengo delirios. O *jet lag*. O las dos cosas.

Tiene que ser eso.

Estoy tan exhausto que creerías que me quedaría dormido nada más tocar la almohada, pero no caerá esa breva. Me paso un par de horas tumbado en la cama, mirando al techo, y luego me paseo por la oscuridad un rato, y aquí estoy de nuevo, lanzando un par de calcetines hechos una bola a la pared mientras el sol se desplaza perezosamente hacia la luna.

Un rayo de luz repta por el horizonte. Los albores del alba. Observo la escena desde el cuadrado de mi ventana, intentando descifrar todavía qué diablos me está pasando, cuando unos golpes violentos y repentinos en mi puerta mandan un chute directo de adrenalina a mi cerebro.

Tardo solo unos segundos en ponerme en pie, con el corazón desbocado y las sienes palpitando. Me pongo la ropa y las botas con tanta rapidez que por poco me mato en el proceso, pero cuando al fin abro la puerta, Brendan parece tranquilizarse.

—Qué bien —se alegra—. Estás vestido.

—¿Qué ocurre? —pregunto automáticamente.

Brendan suspira. Parece triste... y luego, durante un segundo, parece asustado.

—¿Qué ocurre? —repito. La adrenalina me inunda las venas y mitiga mi miedo. Me siento más calmado. Más alerta—. ¿Qué ha pasado?

Brendan vacila, mira por encima del hombro.

—Solo soy un mensajero. No debería decirte nada.

—¿Qué? ¿Por qué no?

—Confía en mí —me indica, mirándome directamente a los ojos—. Te irá mejor que lo oigas de boca de Castle.

CINCO

—¿Por qué? —Es lo primero que le digo a Castle.

Irrumpo por la puerta con quizá demasiada fuerza, pero no puedo evitarlo. Estoy de los nervios.

—¿Por qué lo tengo que oír por ti? —pregunto—. ¿Qué está pasando?

Apenas consigo despojas mi voz de rabia. Apenas puedo evitar imaginarme un montón de hipotéticas situaciones nefastas. Un sinfín de cosas horribles pueden haber ocurrido que sean dignas de arrastrarme fuera de la cama antes del alba, y hacerme esperar cinco minutos extras para descubrir qué demonios está pasando es algo de lo más cruel.

Castle me clava la mirada, con el semblante adusto, y respiro hondo, miro alrededor y tranquilizo mis latidos. No tengo ni idea de dónde estoy. Esto parece ser algún tipo de... cuartel general. Otro edificio. Castle, Sam y Nouria están sentados a una larga mesa de madera, sobre la cual hay papeles extendidos, planos empapados, una regla, tres navajas y varias tazas vacías de café.

—Siéntate, Kenji.

Pero sigo barriendo el lugar con la mirada, esta vez en busca de J. Ian y Lily están aquí. Brendan y Winston también.

Ni rastro de J. Ni de Warner. Y todos los presentes me desvían la mirada.

—¿Dónde está Juliette? —pregunto.

—Te refieres a Ella —replica Castle con amabilidad.

—Lo que sea. ¿Por qué no está aquí?

—Kenji —dice Castle—, por favor, siéntate. Esto ya es lo bastante difícil como para tener que encargarnos también de tus emociones. Por favor.

—Con el debido respeto, señor, me sentaré cuando sepa qué cojones está ocurriendo.

Castle profiere un largo suspiro. Finalmente, dice:

—Tenías razón.

Pongo los ojos como platos, el corazón me martillea en el pecho.

—¿Cómo?

—Tenías razón —repite Castle, y la voz se le quiebra con la última palabra. Aprieta y afloja los puños—. Con Adam. Y con James.

Niego con la cabeza.

—No quiero tener razón. Estaba exagerando. Están bien. No me hagáis caso —digo, sonando como un loco—. No tengo razón. No la tengo nunca.

—Kenji.

—No.

Castle levanta la vista y me mira directamente a los ojos. Tiene expresión desolada. Más que desolada.

—Dime que es broma —le suplico.

—Anderson los ha tomado como rehenes —dice, mirando a Brendan y Winston. A Ian. Al fantasma de Emory—. Lo está volviendo a hacer.

No puedo soportarlo.

Mi corazón no puede soportarlo. Ya estoy demasiado cerca del borde de una crisis. Esto es demasiado. Es demasiado.

—Te equivocas —insisto—. Anderson no haría eso, al menos no a James. James es solo un niño... No le haría eso a un niño...

—Sí —replica Winston en voz queda—. Sí que lo haría.

Le dirijo la mirada con los ojos desorbitados. Me siento estúpido. Es como si me apretara la piel. Como si me fuera holgada. Y estoy mirando a Castle de nuevo cuando digo:

—¿Cómo lo sabes? ¿Cómo puedes estar seguro de que no se trata de otra trampa, igual que la última vez...?

—Claro que es una trampa —interviene Nouria. Su voz es firme, pero no deja de ser amable. Le lanza una mirada a Castle antes de continuar—. No estoy segura del motivo, pero mi padre os está exponiendo la situación como si se tratara de un simple secuestro de rehenes. No lo es. Ni siquiera estamos seguros del todo de lo que está ocurriendo. Por lo visto, está claro que Anderson mantiene a los chicos como rehenes, pero también está claro que detrás se cuece algo más grande. Anderson está maquinando algo. Si no fuera así, no habría...

—Yo creo —la corta Sam, dándole un apretón en la mano a su mujer— que lo que Nouria intenta decir es que tenemos la sospecha de que Adam y James juegan un papel muy pequeño en todo esto.

Miro a una y a otra, confundido. Hay una tensión en la habitación que hace un momento no estaba, pero tengo la cabeza demasiado obnubilada como para encontrar el motivo.

—Creo que no entiendo a qué os referís —confieso.

Pero es Castle quien me lo explica.

—No son solo Adam y James. Anderson tiene en este momento la custodia de todos los niños... En concreto, la de los hijos de los comandantes supremos.

Estoy a punto de hacer otra pregunta antes de darme cuenta...

De que soy el único que las está haciendo. Miro alrededor de la habitación, a los rostros de mis amigos. Están tristes pero decididos. Como si ya supieran cómo acaba esta historia y estuvieran preparados para enfrentarse a ella.

Me quedo helado al descifrarlo. Y soy incapaz de contener el tono de mi voz al preguntar:

—¿Por qué he sido el último en enterarme de esto?

Un silencio sepulcral sigue a mi pregunta. Hay miradas preocupadas. Hay expresiones nerviosas.

Y luego, al fin:

—Sabíamos que sería duro para ti —dice Lily. Lily, a la que siempre le importan una mierda mis sentimientos—. Acababas de participar en esa locura de misión, y entonces tuvimos que dispararle a tu avión mientras volaba… Si te digo la verdad, no estábamos seguros de si debíamos contártelo de inmediato. —Vacila. Y luego, dedicándole una mirada irritada a las demás mujeres de la habitación—: Pero si te sirve de consuelo, Nouria y Sam tampoco nos lo contaron a nosotros enseguida.

—¿Qué? —Mis cejas salen disparadas hacia arriba—. ¿Qué diablos está pasando? ¿Cuándo os enterasteis de lo ocurrido?

La habitación se vuelve a sumir en el silencio.

—¿Cuándo? —exijo saber.

—Hace catorce horas —responde Nouria.

—¿Hace catorce horas? —Abro tanto los ojos que me duelen—. ¿Hace catorce horas que lo sabéis y me lo contáis ahora? ¿Castle?

Me hace un gesto negativo con la cabeza.

—A mí también me lo ocultaron —me responde, y, a pesar de su apariencia calmada, percibo la tensión en su mandíbula. No me mira a los ojos. Tampoco a Nouria.

La comprensión llega a una velocidad sorprendente y repentina, y al fin lo entiendo: hay demasiados gallos en este metafórico corral.

No tengo ni idea de en qué tipo de complicado espectáculo de mierda acabo de entrar, pero está claro que Nouria y Sam están acostumbradas a dirigir este lugar ellas solas. Sea hija de Castle o no, Nouria es la líder de la resistencia, y no importa lo mucho que le guste que su padre esté aquí: no va a ceder el control. Y por lo visto eso significa que no le va a permitir acceder a información clasificada antes de que lo estime oportuno. Y eso significa... Joder, creo que significa que Castle ya no tiene autoridad real.

Joder.

—Así que ya lo sabíais —digo, pasando la vista de Nouria a Sam—. Lo sabíais cuando ayer aterrizamos aquí, sabíais que Anderson estaba reuniendo a los niños. Cuando comimos tarta y le cantamos el cumpleaños feliz a Warner, sabíais que habían raptado a James y a Adam. Cuando pregunté, una y otra y otra vez, por qué demonios Adam y James no estaban aquí, lo sabíais y no dijisteis nada...

—Tranquilízate —me espeta Nouria, tajante—. Estás perdiendo el control.

—¿Cómo nos habéis podido mentir así? —le pregunto, sin molestarme a bajar el volumen de mi voz—. ¿Cómo pudisteis estar tan tranquilas sonriendo a sabiendas de que nuestros amigos estaban sufriendo?

—Porque debíamos asegurarnos primero —me dice Sam. Y entonces suelta un largo suspiro, y se aparta los mechones de pelo rubio de la cara. Bajo sus ojos se atisban unas manchas moradas que me dicen que no soy el único al que últimamente le ha costado dormir—. Anderson les pidió a sus hombres que trasladaran la información directamente bajo tierra. La distribuyó por nuestras redes a propósito, y eso me hizo dudar de sus motivos desde el inicio.

»Al parecer, Anderson ha descubierto que vuestro equipo se refugió con otro grupo rebelde —continúa—, pero desconoce cuál de los nuestros os está protegiendo. Supuse que intentaba atraernos a la superficie, así que quería verificar la información antes de que la pudiéramos compartir. No queríamos dar los siguientes pasos sin estar del todo seguras, y creímos que no sería bueno para la moral extender información que podía resultar dolorosa y que en última instancia pudiera ser falsa.

—Habéis esperado catorce horas para compartir una información que puede ser verdadera. ¡Puede que haga rato que Anderson haya decidido matarlos! —grito.

Nouria niega con la cabeza.

—Así no es como funciona una situación con rehenes. Ha dejado claro que quiere algo de nosotros. No se desharía de sus elementos útiles para negociar.

Me quedo petrificado de repente.

—¿A qué te refieres? ¿Qué quiere de nosotros? —Luego, miro alrededor de nuevo—: Y ¿por qué cojones no está Juliette aquí? Tiene que enterarse de esto.

—No hay ningún motivo para despertar a Ella —dice Sam—, porque no hay nada que podamos hacer de momento. La informaremos por la mañana.

—Y una mierda —digo iracundo, perdiendo todos los modales—. Lo siento, señor, sé que ya no estamos en el Punto Omega, pero tienes que hacer algo. Esto no está bien. J. guio una puta resistencia… No quiere que la consientan ni que la protejan de esta mierda. Y cuando se entere de que no le contamos nada se va a cabrear.

—Kenji…

—De todos modos, todo esto no es más que un montón de tonterías —digo al tiempo que levanto las manos—. Un engaño. Más mentiras. Es del todo imposible que Anderson haya podido hacerse con todos los demás niños. Está claro que está intentando volvernos locos… Y está funcionando… Porque sabe que no podríamos estar seguros jamás de si de verdad los tiene como rehenes. Todo esto es un intrincado juego mental —les aseguro—. Es una jugada maestra.

—No lo es —interviene Brendan colocándome la mano sobre el hombro. Sus cejas se juntan con preocupación—. No es un juego mental.

—Pues claro que lo…

—Sam los vio —lo corta Nouria—. Tenemos pruebas.

—¿Qué? —Me pongo rígido.

—Puedo ver a largas distancias —explica Sam. Intenta sonreír, pero solo parece estar cansada—. Distancias muy muy largas. Supusimos que, si Anderson se iba a llevar a todos los niños a algún lugar, lo haría cerca de su sede central, donde dispone de soldados y recursos. Y cuando Ella nos dijo que Evie estaba muerta, tuve más claro que se dirigiría de vuelta a América del Norte, donde debería hacer un control de daños y mantener su poder sobre el continente.

»Si algún otro grupo rebelde intentaba aprovecharse del repentino golpe, él tendría que estar aquí, ejercer su poder, mantener el orden, así que en mi búsqueda me centré en el sector 45. Me llevó prácticamente catorce horas barrer el terreno como es debido, pero estoy segura de que he encontrado suficientes pruebas como para que esa información sea veraz.

—¿Qué diablos...? ¿Estás segura de haber encontrado suficientes pruebas? ¿Qué tipo de tontería inexacta es esa? ¿Y por qué eres tú la que tiene el derecho de decidir cuándo...?

—Ten cuidado con el tono, Kishimoto —me interrumpe Nouria con rotundidad—. Sam ha estado trabajando sin parar intentando descubrir cuál es la situación real. Reconocerás su autoridad aquí, donde te hemos ofrecido refugio, y le mostrarás gratitud y respeto.

Sam coloca una mano tranquilizadora sobre el brazo de Nouria.

—No pasa nada —dice Sam, con la mirada todavía clavada en mí—. Solo está abrumado.

—Todos estamos abrumados —tercia Nouria, mirándome con los ojos entornados. La ira le proporciona un brillo etéreo que hace que su piel oscura parezca casi bioluminiscente. Durante unos segundos, no puedo apartar la vista.

Meneo la cabeza para despejarla.

—No es mi intención ser irrespetuoso. Es que no entiendo por qué estamos aceptando esto. Suficientes pruebas no suena muy convincente, sobre todo cuando Anderson ya nos ha jugado antes ese mismo truco de mierda. ¿Os acordáis de cómo acabó eso? Si no fuera por J., que nos salvó el culo a todos ese día, estaríamos muertos. Definitivamente, Ian estaría muerto ahora.

—Sí —dice Castle con paciencia—, pero te olvidas de un detalle importante.

Lo miro con la cabeza ladeada.

—Anderson tenía a nuestros hombres. Nunca mintió sobre eso.

Aprieto los dientes. Los puños. Todo mi cuerpo se convierte en piedra.

—La negación es el primer estadio del luto, colega.

—Piérdete, Sanchez.

—Ya basta —exclama Castle, levantándose con una fuerza repentina. Parece furioso, y la mesa traquetea bajo sus dedos separados—. ¿Qué problema tienes, hijo? Tú no eres así... Este comportamiento enfadado, temerario e irrespetuoso... Tus opiniones mordaces no ayudan en nada a la situación que tenemos entre manos.

Cierro los ojos con fuerza.

La ira explota en la oscuridad detrás de mis párpados, unos fuegos artificiales que se elevan y me derriban.

La cabeza me da vueltas.

El corazón me da vueltas.

Una gota de sudor me baja por la espalda, y me estremezco aun sin quererlo.

—Muy bien —suelto de repente abriendo los ojos—. Pido disculpas por mi comportamiento irrespetuoso. Pero solo voy a repetir esta pregunta una vez más antes de ir a buscarla yo mismo: ¿por qué diablos no está Juliette aquí?

Su silencio colectivo es la única respuesta que necesito.

—¿Qué está pasando en realidad? —pregunto enfadado—. ¿Por qué hacéis esto? ¿Por qué la estáis dejando dormir, descansar y recuperarse tanto? ¿Por qué no me decís...?

—Kenji. —El tono de Castle cambia de repente. Me clava los ojos y tiene la frente arrugada de preocupación—. ¿Estás bien?

Pestañeo. Tomo una bocanada de aire para tranquilizarme.

—Estoy bien —respondo, pero durante un segundo las palabras me suenan extrañas, como si retumbaran con eco.

—A mí no me parece que estés bien.

¿Quién ha dicho eso?

¿Ha sido Ian?

Me giro hacia la voz, pero todo parece deformarse cuando me muevo, los sonidos se distorsionan.

—Sí, quizá deberías dormir un poco.

—¿Winston?

Me vuelvo a girar, y esta vez todos los sonidos se aceleran y se adelantan hasta que colisionan con el tiempo real. Me empiezan a pitar los oídos. Y entonces bajo la vista y me doy cuenta demasiado tarde de que me tiemblan las manos. Los dientes me castañetean. Me estoy helando.

—¿Por qué hace tanto frío aquí? —pregunto.

Brendan aparece de repente a mi lado.

—Deja que te lleve a tu habitación —se ofrece—. Quizá…

—Estoy bien —miento, alejándome de él a trompicones. Puedo notar el corazón latiendo demasiado rápido, un movimiento tan raudo que es como un borrón, prácticamente una vibración.

Me pone los pelos de punta.

Tengo que calmarme. Tengo que recuperar el aliento. Tengo que sentarme… o apoyarme en algo…

El cansancio me golpea como una bala entre ceja y ceja. De forma repentina y feroz, me hinca las garras en el pecho y me abate. Trastabillo hasta una silla y parpadeo lentamente.

Noto los brazos pesados. Los latidos de mi corazón se empiezan a ralentizar. Noto que me deshago.

Se me cierran los ojos.

Al instante, una imagen de James se materializa en mi mente: hambriento, con moratones, apaleado. Solo y aterrorizado.

El horror me manda una descarga eléctrica al corazón y me devuelve a la vida.

Abro los ojos de golpe.

—Escuchad. —Tengo la garganta seca. Trago saliva con dificultad—. Escuchad —repito—. Si esto es cierto, si en estos momentos James y Adam de verdad son prisioneros de Anderson, tenemos que irnos. Tenemos que irnos ya. Tenemos que irnos ya, joder...

—Kenji, no podemos —comenta Sam. Está delante de mí, algo que me sorprende—. No podemos hacer nada ahora. —Está pronunciando las palabras lentamente. Con cuidado, como si estuviera hablando con un niño.

—¿Por qué no?

—Porque todavía no sabemos exactamente dónde están. —Esta vez es Nouria la que habla—. Y porque tienes razón: todo este asunto es algún tipo de trampa.

Me está mirando como si sintiera lástima por mí, y eso me produce otro subidón de ira por las venas.

—No podemos lanzarnos sin estar preparados —continúa—. Necesitamos más tiempo. Más información.

—Vamos a recuperarlos —asegura Castle dando un paso adelante. Me coloca las manos sobre los hombros y me mira a la cara—. Te juro que los recuperaremos. James y Adam estarán bien. Solo tenemos que idear un plan antes.

—No —digo enfadado, zafándome—. Nada de esto tiene sentido. Juliette tiene que estar aquí. Toda esta situación es una jodienda.

—Kenji...

Salgo de la habitación como una exhalación.

SEIS

Se me debe de haber ido la cabeza.

Tiene que ser eso. No hay ninguna otra razón por la que diría palabrotas a la cara de Castle, gritaría a su hija, pelearía con mis propios amigos y estaría todavía aquí de pie al alba, tocando este timbre por tercera vez. Es como si estuviera pidiendo que me asesinaran. Es como si quisiera que Warner me lanzara un puñetazo en la cara o algo. Incluso ahora, a través de la niebla espesa y absurda de mi cabeza, sé que no debería estar aquí. Sé que no está bien.

Pero o bien soy (a) demasiado estúpido, o (b) estoy demasiado cansado, (c) demasiado enfadado, o (d) todo lo anterior, como para que me importe una mierda su espacio personal o su intimidad. Y entonces, como si fuera una señal, oigo su voz amortiguada y molesta al otro lado de la puerta.

—Por favor, cariño. Ignóralo.

—¿Y si ha pasado algo?

—No ha pasado nada —dice él—. Será Kenji.

—¿Kenji? —Oigo algo parecido a unos pies que se arrastran, y mi corazón se acelera. J. siempre está ahí. Ella siempre está ahí—. ¿Cómo sabes que es Kenji?

—Llámalo intuición —masculla Warner.

Vuelvo a tocar el timbre.

—¡Ya voy! —Es J. Por fin.

—¡No va! —grita Warner—. ¡Lárgate!

—No me voy a mover de aquí —respondo—. Quiero hablar con Juliette. Con Ella. Jella. Gelatina. Lo que sea.

—Ella, cariño, por favor... Déjame matarlo.

Oigo que J. se ríe, lo que me resulta conmovedor, porque está claro que se piensa que Warner está de broma. Yo, en cambio, estoy bastante seguro de que no.

Entonces él dice algo, algo que no alcanzo a oír. La habitación se queda en silencio y, durante unos instantes, me quedo desconcertado. Y al cabo de unos segundos me doy cuenta de que me ha vencido. Es probable que Warner la haya metido en la cama de nuevo.

Maldita sea.

—Pero es precisamente la razón por la cual debería contestar a la puerta —oigo que dice. Más silencio. Luego un crujido. Un golpe sordo—. Si tiene que hablar conmigo a esta hora de la madrugada, debe de ser importante.

Warner suspira tan profundamente que puedo oírlo a través de la pared.

Vuelvo a tocar el timbre.

Un solo grito ininteligible.

—¡Eh! —grito—. De verdad... Que alguien abra la puerta. Se me está quedando el culo congelado aquí fuera.

Más balbuceos irados de Warner.

—¡Voy ahora mismo! —grita Gelatina.

—¿Por qué tardas tanto? —le pregunto.

—Estoy intentando... —Oigo cómo se ríe, y luego en una voz dulce y suave que claramente va dirigida a otra persona—: Aaron, por favor... Te prometo que vuelvo ahora mismo.

—¿J.?

—¡Estoy intentando vestirme!

—Ah. —Intento con todas mis fuerzas no visualizarlos desnudos, juntos en la cama, pero de algún modo no soy capaz de evitar que la imagen que materialice—. Uf, qué asco dais.

—Amor mío, ¿cuánto tiempo tienes pensado ser su amiga?

J. se vuelve a reír.

Vaya, esa chica no se hace una idea.

Es decir, de acuerdo... Es verdad que, si me pusiera en la piel de Warner durante cinco segundos, entendería perfectamente por qué quiere matarme tan a menudo. Si yo estuviera en la cama con mi chica y algún imbécil necesitado no parara de tocar al timbre por ningún otro motivo más que por querer hablar de sus sentimientos con ella, yo también querría asesinarlo.

Pero una vez más, no tengo novia, y a este paso es probable que siga así para siempre. De ahí que no me importe demasiado... y Warner lo sabe. Es en parte el motivo por el que me odia tanto. No puede apartarme sin herir a J., pero no me puede dejar entrar sin tener que compartirla tampoco. Está en una situación de mierda.

Aunque a mí me sirve.

Todavía tengo el dedo sobrevolando el timbre cuando oigo unos pasos que se acercan. Pero cuando al fin se abre la puerta de par en par, de golpe doy un paso atrás vacilante.

Warner parece emanar furia.

Va despeinado, lleva el cinturón de su bata atado con prisas. Va sin camisa, descalzo y probablemente esté desnudo debajo de la bata, que es el único motivo por el que me obligo a mirarlo a los ojos.

Mierda.

No estaba bromeando ni un poquito. Está cabreado de verdad.

Y su voz suena grave, letal, cuando me dice:

—Debería haber dejado que murieras congelado en el antiguo apartamento de Kent. Debería haber dejado que esos roedores devoraran esa carcasa preservada con tanto mimo. Debería haber...

—Oye, que no estoy intentando...

—No me interrumpas.

Cierro la boca de golpe.

Respira hondo para calmarse. Sus ojos son como dos ascuas. Verdes. Hielo. Fuego. En ese orden.

—¿Por qué me haces esto? ¿Por qué?

—Mmm. Vale, sé que esto va a ser difícil para que lo entienda un narcisista como tú, pero no tiene nada que ver contigo. J. es mi amiga. De hecho, fue mi primera amiga. Éramos amigos mucho antes de que tú aparecieras.

Warner abre mucho los ojos, lleno de ira. Y antes de que tenga la oportunidad de hablar, añado:

—Qué torpe. Lo siento. —Levanto las manos a modo de disculpa—. Me he olvidado por un segundo del tema del lavado de memoria. Pero, en serio, qué más da. En lo que respecta a mis recuerdos, yo la conocí primero.

Y de repente...

Warner frunce el ceño.

Es como si alguien le hubiese dado a un interruptor, y el fuego de sus ojos se extingue. Ahora me examina de cerca, y me está poniendo nervioso.

—¿Qué está pasando? —pregunta. Ladea la cabeza y, un momento después, abre los ojos sorprendido—. ¿Por qué tienes tanto miedo?

Gelatina aparece antes de que pueda responder.

Me sonríe —ese gesto alegre, grande y brillante que siempre me calienta el corazón— y me alivia descubrir que está completamente vestida. No con la vestimenta del tipo desnudo bajo una bata, sino que se ha puesto un abrigo y zapatos, y está lista para salir por la puerta.

Siento que por fin puedo respirar.

Pero al instante su sonrisa desaparece. Y cuando de repente se pone pálida, cuando sus ojos se fijan en mí preocupados, me siento un poquito mejor. Sé que suena extraño, pero en su reacción hay algo que me consuela; significa que al menos hay algo que está bien en el mundo. Porque lo sabía. Sabía que, a diferencia de todos los demás, ella vería de inmediato que no estaba bien. Que no estoy bien. No hace falta tener superpoderes.

Y, de algún modo, eso lo significa todo.

—Kenji, ¿qué ocurre?

Apenas puedo contenerlo más. Un dolor agudo y palpitante me pincha detrás del ojo izquierdo; unos puntos negros van y vienen de mi visión y lo agujerean todo. Siento que no puedo respirar, como si mi pecho fuera demasiado pequeño y mi cerebro, demasiado grande.

—¿Kenji?

—Es James —digo, palabras pronunciadas con un hilo de voz. Mal—. Anderson lo ha raptado. Anderson ha secuestrado a James y a Adam. Los tiene como rehenes.

SIETE

Volvemos a estar en la sala de guerra.

Estoy en el umbral de la puerta con J. a mi lado —Warner ha necesitado un minuto para elegir un conjunto bonito y trenzarse el pelo—, y en los quince minutos que he estado fuera, la atmósfera en esta habitación ha cambiado radicalmente. Todos nos miran a J. y a mí. Más bien nos fulminan con la mirada. Brendan parece cansado. Winston parece irritado. Ian parece cabreado. Lily parece cabreada. Sam parece cabreada. Nouria parece cabreada.

Castle parece supercabreado.

Me está mirando con los ojos entornados, y nuestros años juntos me han enseñado lo suficiente sobre su lenguaje corporal como para saber exactamente lo que está pensando en estos instantes.

Ahora mismo, está pensando que está algo más que decepcionado conmigo, que se siente traicionado por haber incumplido la promesa de dejar de soltar tacos, que le he faltado al respeto deliberadamente y que debería estar castigado durante dos semanas por haberles gritado a su hija y a su esposa. Además, está avergonzado. Esperaba más de mí.

—Siento haber perdido los estribos, señor.

Castle tensa la mandíbula mientras me evalúa.

—¿Te sientes mejor?

No.

—Sí.

—Entonces, hablaremos más tarde.

Desvío la mirada, demasiado cansado como para reunir el remordimiento necesario. Estoy demasiado agotado. Mermado. Estrujado. Es como si me hubieran sacado las entrañas con herramientas romas y oxidadas, pero de algún modo sigo aquí. Sigo de pie. No sé por qué, pero tener a J. a mi lado está haciendo que toda esta situación sea más llevadera. Me sienta bien saber que al menos hay alguien aquí que está en mi equipo.

Tras un minuto entero de silencio incómodo, J. toma la palabra.

—Bueno —dice, dejando que la palabra cuelgue en el aire durante unos segundos—. ¿Por qué nadie me ha informado sobre esta reunión?

—No queríamos molestarte —dice Nouria con voz demasiado dulce—. Has pasado un par de semanas muy duras... Decidimos no despertarte a menos que tuviéramos un plan firme de acción.

J. frunce el ceño. Sé que está meditando —y poniendo en duda— lo que Nouria le acaba de decir. A mí también me parece una sandez. Casi nunca concedemos tratos especiales para que la gente descanse o duerma después de un combate, a menos que estén heridos. A veces, ni siquiera en esas condiciones. A J. en particular nunca antes le han dado un trato especial como este. No la tratamos como si fuera una niña pequeña, sujetándola como si estuviera hecha de porcelana. Como si se pudiera romper.

Pero Gelatina decide dejarlo pasar.

—Veo que intentabas ser amable —le dice a Nouria—, y te agradezco el espacio y la generosidad, sobre todo por lo de anoche, por Aaron, pero me lo deberías haber contado de inmediato. De hecho, nos lo deberías haber contado nada más aterrizar. No importa lo mucho que hayamos vivido —continúa—. Nuestras cabezas están aquí, en la realidad de lo que estamos viviendo en estos instantes, y Aaron va a pelear a nuestro lado. Ha llegado el momento de que todos vosotros dejéis de subestimarlo.

—Un momento... ¿Qué? —Ian frunce el ceño—. ¿Qué tiene que ver subestimar a Warner con James?

J. niega con la cabeza.

—Aaron lo tiene todo que ver con James. De hecho, no consigo comprender por qué él no ha sido la primera persona con la que habéis hablado de esto. Vuestros prejuicios os están haciendo un flaco favor. Son un lastre.

Ahora es mi turno de fruncir el ceño.

—¿Qué quieres conseguir con este discursito, princesa? Yo no veo cómo Warner puede ser relevante en esta conversación. ¿Y por qué no dejas de llamarle Aaron? Se me hace raro.

—Pues... Ah —balbucea, y pone una mueca—. Lo siento. Mi mente... Mis recuerdos todavía están... Está siendo complicado. Para mí ha sido Aaron mucho más tiempo de lo que fue Warner.

—Creo yo que seguiré llamándolo Warner. —Enarco una ceja.

—Creo que lo preferirá si viene de ti.

—Bien. Al caso. Piensas que lo estamos subestimando.

—Así es.

Esta vez, Nouria interviene:

—¿Y eso por qué?

J. exhala. Sus ojos son tan tristes como serios cuando dice:

—Anderson es el tipo de monstruo que tomaría como rehén a un niño de diez años y lo metería en la prisión junto con soldados entrenados. Por lo que sabemos, está tratando a James del mismo modo que está tratando a Valentina. O a Lena. O a Adam. Es inhumano en un nivel tan perturbador que apenas me permito pensar en eso. Me resulta difícil comprenderlo, pero a Aaron le es sencillo imaginarlo. Conoce a Anderson y los mecanismos internos de su mente mejor que cualquiera de nosotros. Sus conocimientos sobre el Restablecimiento y Anderson en particular no tienen precio.

»Y lo más importante: James es el hermano pequeño de Aaron. Y si alguien sabe lo que es ser tener diez años y que te torture Anderson, ese es él. —Levanta la vista y mira a Castle directamente a los ojos—. ¿Cómo ha podido pensar que dejarlo fuera de esta conversación sería una buena idea? ¿Cómo ha podido imaginar que no sería el primero en importarle? Está destrozado.

Y entonces, como si lo hubiese invocado de la nada, Warner aparece en la puerta. Pestañeo, y Nazeera lo está siguiendo mientras entra en la habitación. Vuelvo a pestañear, y Haider y Stephan entran en escena.

Es raro verlos a todos juntos así, todos los pequeños experimentos científicos. Supersoldados. Todos caminan igual, con porte erguido y orgulloso, postura perfecta, como si poseyeran el mundo.

Y supongo que en parte es así. Al menos para sus padres.

Qué estrambótico.

No me puedo imaginar cómo debe de ser crecer con unos padres que te enseñan que el mundo es tuyo para hacer lo que se te antoje con él. Quizá Nazeera tuviera razón. Quizá somos demasiado distintos. Quizá lo nuestro no habría funcionado nunca, por más que me hubiese gustado darle una oportunidad.

Nazeera, Stephan y Haider nos proporcionan una posición más amplia, apostados a un lado sin pronunciar palabra —ni siquiera saludar con la mano—, pero Warner sigue andando. Gelatina se encuentra con él en el centro de la estancia, y él la rodea con los brazos como si no se hubieran visto desde hace días. No sé cómo, pero consigo no vomitar. Y entonces la oigo susurrar algo sobre su cumpleaños, y una oleada gigante de culpabilidad me recorre el cuerpo.

No me puedo creer que me haya olvidado.

Anoche estábamos celebrando el cumpleaños de Warner prematuramente. Hoy es su cumpleaños de verdad. Hoy. Ahora mismo. Esta mañana.

Mierda.

He sacado a J. de la cama la mañana de su cumpleaños.

Vaya, soy un imbécil redomado.

Cuando se separan, Warner hace un movimiento seco y casi imperceptible con la cabeza y Nazeera, Stephan y Haider se dirigen hacia la mesa y toman posición al lado de Ian y de Lily, Brendan y Winston. Un pequeño batallón listo para la guerra. A veces cuesta creer que no somos más que un puñado de niños. Obviamente, no es la sensación que me da. Pero estos cuatro en particular... tienen un aspecto espectacular, la verdad.

Warner lleva puesta una chaqueta de cuero. No lo había visto con una antes, y no sé por qué. Le queda bien. La prenda tiene un cuello interesante e intrincado, y el negro del cuero resalta su pelo dorado. Pero cuanto más lo pienso, más dudo de que la chaqueta sea suya. No teníamos ninguna posesión cuando aterrizamos aquí, así que supongo que Warner la ha tomado prestada de Haider. Haider, que lleva puesta una de sus características cotas de malla debajo de un grueso abrigo de lana. Pero eso no es nada comparado con Stephan, que luce una gabardina que parece hecha de piel de serpiente.

Es una locura.

Estos tipos tienen el aspecto de alienígenas aquí, entre las personas normales del mundo que no llevan cotas de malla para desayunar. Pero incluso yo debo admitir que Haider parece algún tipo de guerrero con todo ese metal envolviéndole el pecho, y que la chaqueta dorada realza el tono moreno de la piel de Stephan. Pero ¿de dónde cojones han sacado esa ropa? Son como prendas del espacio o algo así. No tengo ni idea de dónde van de compras, pero creo que quizá acuden a las tiendas menos adecuadas. Pero, bueno, qué diablos voy a saber yo. Llevo años poniéndome los mismos pantalones raídos y camisetas. Toda la ropa que he tenido está desgastada, remendada sin cuidado, y me iba un poco estrecha, si soy sincero. Me consideraba afortunado por tener un buen abrigo de invierno y un par de botas decentes. Ya está.

—¿Kenji?

Me sobresalto, dándome cuenta de que otra vez me he perdido en mis pensamientos. Alguien me está hablando. Alguien ha pronunciado mi nombre, ¿no? Rastreo sus rostros, con la esperanza de identificar a la persona, pero no consigo nada.

Levanto la vista hacia J. en busca de ayuda, y ella sonríe.

—Nazeera te acaba de hacer una pregunta —me explica.

Mierda.

Estaba ignorando a Nazeera. A propósito. Creía que era obvio. Creía que ella y yo teníamos un acuerdo, creía que habíamos firmado un pacto silencioso con el que nos ignorábamos para siempre, con el que no recordaríamos jamás las palabras de mierda que le solté anoche, y hago ver que no noto cómo la sangre se agolpa en todos los lugares inadecuados cuando me toca.

¿No?

Muy bien, pues.

Mierda.

A regañadientes, me giro para mirarla. Lleva puesta la capucha de cuero otra vez, y eso significa que solo puedo ver sus labios, y creo que es muy muy injusto. Tiene una boca preciosa. Carnosa. Dulce. Joder. No quiero mirarle la boca. O sea, sí que quiero, claro. Pero definitivamente no quiero. De todos modos, ya es lo bastante duro tener que mirarle la boca, pero la capucha le oculta los ojos, y eso significa que no tengo ni idea de qué está pensando ahora ni de si sigue enfadada conmigo por lo que le dije anoche.

Y entonces...

—Te estaba preguntando si tú habías tenido alguna sospecha —dice Nazeera—. Sobre James. Y Adam.

¿Cómo me he podido perder eso? ¿Cuánto rato me he pasado mirando al vacío y pensando sobre dónde va de compras Haider?

Madre mía.

¿Qué cojones me pasa?

Meneo un poco la cabeza, con la esperanza de despejarme.

—Sí —respondo—. Se podría decir que me subía por las paredes cuando aparecimos aquí y no vi a Adam ni a James. Se lo dije a todo el mundo —añado lanzándoles miradas fulminantes a los inútiles de mis amigos—, pero nadie me hizo caso. Todos se pensaron que estaba loco.

Nazeera se retira la capucha, y por primera vez esta mañana puedo verle la cara. Escruto sus ojos, pero no obtengo nada. Su expresión es clara. No hay nada en su tono ni en su postura que me revele lo que está pensando en realidad.

Nada.

Y, a continuación, entorna los ojos, solo un poco.

—Se lo dijiste a todo el mundo.

—A ver. —Parpadeo, vacilo—. Se lo dije a algunas personas. Sí.

—Pero no nos lo dijiste a ninguno de nosotros. —Hace un gesto hacia el pequeño grupo de mercenarios—. No se lo dijiste a Ella ni a Warner. Ni al resto de nosotros.

—Castle me indicó que no os lo dijera, chicos —rebato, pasando la mirada de J. a Warner—. Quería que pudierais disfrutar de una noche agradable juntos.

J. está a punto de decir algo, pero Nazeera se le adelanta.

—Sí, eso lo entiendo, pero ¿también te indicó que no le dijeras nada a Haider ni a Stephan? ¿Ni a mí? Castle no te dijo que tuvieras que ocultarnos tus sospechas al resto de nosotros, ¿verdad?

No hay ningún tipo de inflexión en su voz. Ni rabia, ni un atisbo de irritación siquiera, pero todo el mundo se gira de repente para mirarla. Haider tiene las cejas arqueadas. Incluso a Warner parece picarle la curiosidad.

Por lo visto, Nazeera está actuando de una manera impropia de ella.

Pero el cansancio me ha vuelto a derrumbar.

De algún modo, sé que esto es el final. No me quedan vidas. No me queda más energía. No van a ocurrir más estallidos de rabia ni de adrenalina que me ayuden a aguantar otro minuto más. Intento hablar, pero se han desconectado los cables de mi cerebro, los han desviado.

Mi boca se abre. Se cierra.

Nada.

Esta vez, la extenuación se estrella contra mí con una fuerza tan violenta que noto como si mis huesos se astillaran, como si se me derritieran los ojos, como si estuviera viendo el mundo a través de celofán. Todo se empaña de un ligero brillo metálico, vidrioso y borroso. Y entonces, por primera vez, me doy cuenta...

Esto no es un cansancio normal.

Sin embargo, es demasiado tarde. Demasiado tarde como para darme cuenta de que quizá haya algo más aparte de estar muy muy cansado.

Joder, creo que quizá me estoy muriendo.

Stephan dice algo. No lo oigo.

Nazeera dice algo. No la oigo.

Una parte de mi cerebro que aún está operativa me dice que vuelva a mi habitación y muera en paz, y cuando intento dar un paso adelante, trastabillo.

Qué extraño.

Doy otro paso adelante, pero esta vez es aún peor. Las piernas se me enredan y tropiezo, solo asiéndome en el último momento.

Todo parece estar mal.

Los sonidos en mi cabeza parecen hacerse más altos. No puedo abrir los ojos del todo. Noto el aire a mi alrededor viciado, comprimido, e intento decir: «Me noto muy raro», pero no sirve de nada. Lo único que sé es que de repente tengo frío. Un frío ardiente.

Espera. Eso no está bien.

Frunzo el ceño.

—¿Kenji?

La palabra me llega de muy lejos. Bajo el agua. Ahora tengo los ojos cerrados, y parece que van a permanecer así para siempre. Y entonces... Todo desprende un olor distinto. Como a sucio, húmedo y frío. Qué raro. Algo me hace cosquillas en la cara. ¿Hierba? ¿Cuándo me han echado hierba en la cara?

—¡Kenji!

Ay. No mola. Alguien me está zarandeando, con brusquedad, haciendo que el cerebro me traquetee dentro del cráneo y algo, algún instinto primitivo, abre a la fuerza los goznes oxidados de mis párpados, pero cuando intento enfocar la vista es en vano. Todo está suave. Blando.

Alguien está gritando. Álguienes. Un momento, ¿cuál es el plural de *alguien*? Creo que nunca he oído a tanta gente pronunciar mi nombre a la vez. Kenji Kenji Kenji KenjiKenjiKenji.

Intento reír.

Y entonces la veo. Ahí está. Vaya, qué sueño tan bonito. Pero ahí está ella. Me está tocando la cara. Giro un poco la cabeza y apoyo la mejilla contra la lisa y suave palma de su mano. Es una maravilla.

Nazeera.

Qué guapa es, joder.

Y entonces desaparezco.

Y floto.

OCHO

Cuando abro los ojos, veo arañas.

Ojos y brazos, ojos y brazos, ojos y brazos por todos lados. Magnificados. De cerca. Mil ojos, redondos y brillantes. Cientos de brazos alargados hacia mí, a mi alrededor.

Vuelvo a cerrar los ojos.

Es positivo que no me den miedo las arañas; de otro modo, creo que estaría gritando. Pero he aprendido a vivir con las arañas. Vivía con ellas en el orfanato, en las calles por la noche, bajo tierra en el Punto Omega. Se esconden en mis zapatos, debajo de mi cama, capturan moscas en los rincones de mi habitación. Normalmente las saco, pero nunca las mato. Tenemos un pacto, las arañas y yo. Nos llevamos bien.

Pero nunca antes había oído a las arañas.

Y qué ruidosas son. Hay mucho ruido discordante, muchos zumbidos, un sinsentido vibrante que no consigo separar en sonidos. Pero entonces, lentamente, empiezan a separarse. Discierno formas.

Me doy cuenta de que son voces.

—Tienes razón en lo de que es algo infrecuente —dice alguien—. Está claro que es raro que esté experimentando cualquier tipo de efecto persistente después de tanto tiempo, aunque no sería el primero.

—Esa teoría no tiene ningún sentido…

—Nazeera. —Parece Haider—. Son quienes lo van a curar. Estoy seguro de que saben qué…

—Me da igual —lo interrumpe ella abruptamente—. Resulta que discrepo. Kenji ha estado bien los últimos dos días, y yo lo sé; estaba con él. Es un diagnóstico absurdo. Es una irresponsabilidad sugerir que le están afectando unas drogas que le administraron hace días, cuando la causa subyacente es otra, claramente.

El silencio se extiende durante un buen rato.

Al final, oigo que alguien suspira.

—Quizá te cueste creerlo, pero lo que hacemos no es magia. Nos basamos en ciencia real. Podemos, dentro de unos ciertos parámetros, curar a una persona enferma o herida. Podemos regenerar tejidos y huesos, y contrarrestar la pérdida de sangre, pero no hay mucho que podamos hacer por… una intoxicación alimentaria, por ejemplo. O una resaca. O el cansancio crónico. Todavía quedan bastantes males y enfermedades que no podemos curar.

Esa debe de ser Sara. O Sonya. O las dos. Nunca he sido capaz de distinguir sus voces.

—Y ahora mismo —continúa una de ellas—, a pesar de todos nuestros esfuerzos, Kenji todavía tiene las drogas en su sistema. Tienen que seguir su curso.

—Pero… debe de haber algo…

—Las pasadas treinta y seis horas, Kenji ha estado funcionando a base de pura adrenalina —dice una de las gemelas—. Las subidas y bajadas están destrozando su cuerpo, y la privación de sueño lo está volviendo más susceptible al efecto de las drogas.

—¿Se va a poner bien? —pregunta Nazeera.

—Si no duerme, no.

—¿Qué significa eso? —J. Jella. Gelatina. Esa es su voz. Suena aterrorizada.

—¿Es muy grave el daño? ¿Cuánto puede tardar en recuperarse?

Y entonces, mientras mi mente se sigue aguzando, me doy cuenta de que las gemelas están hablando al unísono, completando los pensamientos y las frases de la otra, así que parece que solo una persona está hablando. Eso tiene más sentido.

—No podemos saberlo con seguridad —dice Sara.

—Quizá sean horas, quizá sean días —continúa Sonya.

—¿Días? —interviene Nazeera.

—O no —vuelve a tomar la palabra Sara—. Todo depende de la fuerza de su sistema inmunológico. Es joven y por lo demás está muy sano, así que tiene todas las de ganar para recuperarse. Aunque padece una deshidratación severa.

—Y necesita dormir. No una inconsciencia inducida por las drogas, sino un sueño real y reparador. Lo mejor para él es que nos encarguemos de su dolor y lo dejemos en paz.

—¿Por qué le hiciste esto? —Es Castle. *Castle está aquí,* pero su voz es severa. Un poco asustada—. ¿Era necesario? ¿De verdad?

Silencio.

—Nazeera. —Stephan.

—En ese momento —responde Nazeera en voz baja—, me pareció necesario.

—Se lo podrían haber dicho, ¿sabes? —Vuelve a hablar J. Parece cabreada—. No tenías por qué drogarlo. Habría estado bien en el avión si le hubieses contado lo que iba a suceder.

—No estabas allí, Ella. No lo sabes. No me podía arriesgar. Si Anderson llega a saber que Kenji estaba en ese avión…, si Kenji llega a hacer cualquier ruido, ahora todos estaríamos muertos. No podía confiar en que permanecería inmóvil y callado durante ocho horas, ¿vale? Era la única manera.

—Pero si de verdad lo conocieras —dice J. Su rabia cambia y se vuelve más desesperada—. Si tuvieras la más mínima idea de lo que es pelear con Kenji a tu lado, jamás habrías pensado en él como una carga.

Casi sonrío.

J. siempre está ahí. Siempre en el equipo.

—Kenji no habría hecho nada que comprometiera la misión. Habría sido una ventaja para ti. Te podría haber ayudado más de lo que crees. Él…

Alguien se aclara la garganta con fuerza, y me siento decepcionado. Estaba disfrutando mucho de ese discurso.

—No creo… —Es una de las gemelas otra vez. Sara—. No creo que nos ayude buscar culpables. Ahora no. Y sobre todo en esta situación.

—De hecho —interviene Sonya, y suspira—, creemos que fueron las noticias sobre James lo que lo llevó al límite.

—¿Qué? —vuelve a decir Nazeera—. ¿A qué te refieres?

—Kenji adora a James. Más de lo que sabe la mayoría de la gente. No todos se dan cuenta de lo bien que se llevan… —empieza Sara.

—Y nosotras lo veíamos a diario —continúa Sonya—. Sara y yo llevamos un tiempo trabajando con James, enseñándole a usar sus poderes curativos. Kenji estaba siempre ahí. Siempre se pasaba para ver cómo le iba. James y él tienen una conexión especial.

—Y cuando estás así de preocupado —toma la palabra Sara—, cuando estás así de asustado, los niveles extremos de estrés pueden lastimar severamente tu sistema inmune.

Ah. Supongo que eso significa que mi sistema inmune está jodido de por vida.

Aun así, creo que me siento mejor. No solo soy capaz de distinguir los sonidos de sus voces, sino que también me estoy dando cuenta de que tengo una aguja clavada en el brazo, y duele como mil demonios.

Deben de estar inoculándome fluidos.

No puedo mantener los ojos abiertos todavía, pero puedo intentar obligarme a hablar. Desafortunadamente, mi garganta está seca.

Áspera. Como una lija. Me parece demasiado trabajo formar frases completas, pero después de un minuto me las apaño para soltar dos palabras en un graznido:

—Estoy bien.

—Kenji. —Noto cómo Castle se inclina hacia delante y me toma la mano—. Gracias a Dios. Estábamos muy preocupados.

—Vale —le digo, pero mi voz suena desconocida, incluso para mí mismo—. Me gustan las arañas.

La habitación se sume en el silencio.

—¿De qué está hablando? —susurra alguien.

—Creo que deberíamos dejarle descansar.

Sí. Descansar.

Muy cansado.

Ya no me puedo mover. No puedo formar más palabras. Es como si me estuviera hundiendo en el colchón.

Las voces se disuelven, se expanden lentamente en una masa de sonido intacto que aumenta en un asalto ensordecedor y doloroso a mis oídos, y luego…

Desaparece.

Silencio.

Oscuridad.

NUEVE

¿Cuánto tiempo ha pasado?

Noto el aire más frío, más pesado. Intento tragar, y esta vez no me duele. Consigo echar un vistazo con los ojos entornados —recordando algo sobre unas arañas— y descubro que estoy completamente solo.

Abro los ojos un poco más.

Creía que me despertaría en una tienda médica o algo, pero me sorprendo —y me alivio, creo— al ver que estoy en mi propia habitación. Todo está quieto. En silencio. Excepto una cosa: cuando escucho con atención, puedo distinguir un sonido distante e inesperado de grillos. Creo que hace una década que no oigo un grillo.

Qué raro.

De todos modos, me siento mil veces mejor que... ¿Fue ayer? No lo sé. El tiempo que sea que haya pasado, puedo decir con franqueza que me siento mejor ahora, más yo mismo. Y sé que es verdad porque de repente me muero de hambre. No me puedo creer que no me comiera aquel pastel cuando tuve la oportunidad. Debía de estar fuera de mis cabales.

Me incorporo apoyándome sobre los codos.

Es bastante desorientador despertarse donde no te quedaste dormido, pero después de unos pocos minutos, la habitación empieza a resultarme familiar. La mayoría de mis cortinas están corridas, pero la luz de la luna se filtra por un palmo de ventana sin cubrir y proyecta halos plateados y sombras por la habitación. No pasé el tiempo suficiente en esta tienda antes de que las cosas se convirtieran en un infierno para mí, así que el interior es todavía austero. No ayuda, por supuesto, que no tenga ninguna de mis cosas. Todo me parece frío. Desconocido. Todas mis pertenencias son prestadas, incluso mi cepillo de dientes. Pero cuando paso la mirada por la habitación, por el monitor muerto estacionado cerca de mi cama, por la bolsa intravenosa vacía que cuelga cerca y por el vendaje nuevo alrededor de un nuevo moratón de mi brazo, me doy cuenta de que alguien debe de haber decidido que estaba bien. Que me iba a poner bien.

El alivio me invade.

Pero ¿qué hago con la comida?

Dependiendo de qué hora sea, puede que sea demasiado tarde para comer; dudo de que la tienda de la cena esté abierta toda la noche. Pero al instante mi estómago se revela contra ese pensamiento. Sin embargo, no ruge, solo duele. La sensación me resulta familiar, fácil de reconocer. Los pinchazos afilados que te cortan la respiración del hambre siempre son los mismos.

Los conozco de casi toda la vida.

El dolor regresa, de repente, con una insistencia que no puedo ignorar, y me doy cuenta de que no me queda otra que ir en busca de algo. Lo que sea. Incluso un pedazo de pan seco. No recuerdo la última vez que tomé una comida decente, ahora que lo pienso. Quizá fuera en el avión, justo antes de estrellarnos. Quería cenar aquella primera noche, cuando llegamos al Santuario, pero tenía los nervios tan a flor de piel que mi estómago se resecó y murió. Supongo que he padecido inanición desde entonces.

Voy a ponerle solución.

Acabo de incorporarme por completo. Tengo que recalibrar. Últimamente me he permitido perder la perspectiva, y no me lo puedo permitir. Hay demasiadas cosas que hacer. Hay demasiadas personas que dependen de mí.

James me necesita en una mejor versión de mí mismo.

Además, tengo muchas cosas por las que estar agradecido. Sé que es así. A veces solo necesito que me lo recuerden. Por tanto, respiro hondo en esta habitación silenciosa y oscura y me obligo a concentrarme. A recordar.

A decir en voz alta: «Estoy agradecido».

Por la ropa que llevo puesta y la seguridad de esta habitación. Por mis amigos, mi familia improvisada, y por lo que queda de mi salud y de mi cordura.

Apoyo la cabeza en las palmas y lo digo. Planto los pies en el suelo y lo digo. Y cuando al fin he conseguido ponerme en pie, con la respiración agitada y el sudor empapándome la piel, apoyo las manos en la pared y susurro:

—Estoy agradecido.

Voy a encontrar a James. Voy a encontrarlos a él y a Adam y a todos los demás. Voy a arreglar esta situación. Tengo que hacerlo, aunque signifique que muera en el intento.

Levanto la cabeza y me aparto de la pared, comprobando con cuidado mi estabilidad sobre el suelo frío. Cuando me aseguro de que me siento lo bastante fuerte como para sostenerme solo, suelto una exhalación de consuelo. Primero lo primero: tengo que darme una ducha.

Agarro la camisa por abajo y tiro hacia arriba, por encima de mi cabeza, pero justo cuando el cuello pasa por mi cara, cegándome temporalmente, mi brazo hace contacto con algo.

Con alguien.

Una respiración ahogada corta y sorprendida es la única confirmación de que hay un intruso en mi habitación.

El miedo y la rabia me invaden a la vez, las sensaciones tan abrumadoras que me dejan de repente aturdido.

No obstante, no hay tiempo para eso.

Me quito la camisa del cuerpo, la lanzo al suelo y me doy la vuelta, con la adrenalina disparada. Tomo la semiautomática que llevo escondida bajo el pantalón, atada al interior de la pantorrilla, y me pongo las botas más rápido de lo que creía que fuera capaz un ser humano. Cuando tengo bien sujeta la pistola, levanto los brazos de golpe, en un movimiento seco y certero, más estable de lo que me siento por dentro.

Hay la suficiente oscuridad aquí. Demasiados sitios en los que esconderse.

—Muéstrate —ordeno—. Ahora mismo.

No sé con seguridad lo que ocurre a continuación. No puedo verlo del todo bien, pero sí que puedo sentirlo. Viento, que se curva hacia mí en un único arco fluido, y mi pistola acaba, inexplicablemente, en el suelo. En la otra punta de la habitación. Me quedo mirando mis manos abiertas y vacías. Pasmado.

Solo dispongo de unos instantes para tomar una decisión.

Agarro una silla de escritorio cercana y la estampo con fuerza contra la pared. Una de las patas de madera se rompe con facilidad, y la sostengo, como si se tratara de un bate.

—¿Qué quieres? —pregunto, con la mano aferrada al arma improvisada—. ¿Quién te env...?

Me dan una patada por detrás.

Una bota pesada y llana aterriza con fuerza entre mis omóplatos, lo que me proyecta hacia delante con tanto vigor que pierdo el equilibrio y el aliento. Aterrizo sobre las rodillas y los codos, con la cabeza que me da vueltas. Todavía estoy demasiado débil. No lo bastante rápido. Y lo sé.

Pero cuando oigo que la puerta se abre, algo más fuerte que yo me obliga a erguirme; algo parecido a la lealtad, a la responsabilidad por la gente a la quiero y debo proteger. Un rayo de luz de luna que atraviesa la puerta abierta índice en mi pistola, que sigue en el suelo, y la recojo en un santiamén. Consigo llegar a la puerta antes de que tenga la oportunidad de cerrarse.

Y cuando veo que algo brilla en la oscuridad, no vacilo.

Disparo.

Sé que he fallado cuando oigo los pasos distantes y amortiguados de unas botas que retumban en el suelo. Mi agresor está huyendo y se mueve demasiado rápido como para que lo haya herido. Todavía está demasiado oscuro como para ver mucho más allá de mis propios pies —las lámparas están apagadas y la luna es menguante—, pero la quietud es perfecta para que pueda discernir pasos cautelosos a lo lejos. Cuanto más me acerco, más capaz soy de rastrear sus movimientos, pero la verdad es que cada vez me cuesta más oír algo por encima de mi respiración entrecortada. No tengo ni idea de cómo me estoy moviendo ahora. No tengo tiempo siquiera para detenerme a pensar en eso. Mi mente está vacía con excepción de un único pensamiento.

Debo detener al intruso.

Casi me da miedo descubrir quién puede ser. Hay una ínfima posibilidad de que sea una intrusión accidental, que quizá sea un civil que de algún modo se ha perdido en nuestro campamento. Pero según lo que nos contaron Nouria y Sam sobre este lugar, ese tipo de situaciones deberían ser casi imposibles de darse.

No, me parece mucho más probable que, sea quien sea, se trate de uno de los hombres de Anderson. Tiene que serlo. Probablemente lo hayan enviado aquí para reunir al resto de los niños de los supremos; tal vez yendo de tienda en tienda en mitad de la noche para comprobar quién hay dentro. Estoy seguro de que no se esperaban que estuviera despierto.

Un pensamiento repentino y aterrador hace que un escalofrío me recorra, y casi tropiezo. *¿Y si ya han llegado hasta J.?*

No voy a permitir que ocurra.

No tengo la menor idea de cómo alguien —aunque sea uno de los hombres de Anderson— ha sido capaz de infiltrarse en el Santuario, pero si esa es la situación, entonces es un asunto de vida o muerte. No tengo ni idea de qué ha ocurrido mientras estaba medio muerto en mi habitación, pero las cosas deben de haber empeorado en mi ausencia. Más me vale atrapar a este cacho de mierda, o todas nuestras vidas podrían estar en peligro. Y si esta noche Anderson consigue lo que quiere, no le quedará ningún motivo para mantener a James y Adam con vida. Si es que siguen vivos.

Tengo que hacerlo. No importa lo débil que me sienta. No tengo más opción, en realidad.

Me armo de valor y acelero el paso, con las piernas y los pulmones ardiendo por el esfuerzo. Quienquiera que sea está perfectamente entrenado. Me cuesta admitir mis propios defectos, pero no puedo negar que la única razón por la que he llegado tan lejos es gracias a la hora: está todo tan siniestramente silencioso que incluso los ruidos más leves se oyen con claridad. Y este tipo, sea quien sea, sabe correr rápido, y aparentemente sin cansarse, sin hacer demasiado alboroto. Si estuviéramos en cualquier otro lugar, en cualquier otro momento, no estoy seguro de que fuera capaz de seguirle la pista.

Pero tengo la rabia y la indignación de mi lado.

Cuando entramos en un área de bosque espeso y sofocante, decido que odio muchísimo al intruso. La luz de la luna no alcanza este lugar, lo cual hace casi imposible que pueda localizarlo, aunque me acerque lo suficiente. Pero sé que le estoy tomando ventaja cuando nuestras respiraciones parecen sincronizarse y nuestras pisadas siguen el mismo ritmo. Debe de sentirlo también, porque noto que toma impulso, acelerando con una agilidad que me deja boquiabierto. Lo estoy dando todo, pero por visto este tipo solo estaba divirtiéndose. Ha salido de paseo.

Madre mía.

No me queda otra que jugar sucio.

No soy lo bastante diestro como para disparar mientras corro a un objetivo en movimiento al que no puedo ver... No soy Warner, por el amor de Dios, así que mi plan de contingencia pueril tendrá que bastar.

Arrojo la pistola. Con fuerza. Con todo lo que tengo.

Es un lanzamiento limpio, sólido. Lo único que necesito es que trastabille. Un único momento infinitesimal de vacilación. Lo que sea que me proporcione una oportunidad.

Y cuando oigo una inhalación breve y sorprendida, me abalanzo hacia delante con un grito, le hago un placaje y lo derribo al suelo.

DIEZ

—Pero… ¿qué cojones?

Debo de estar alucinando. Será mejor que esté alucinando.

—Lo siento, lo siento, ay, Dios mío, lo siento mucho…

Intento ponerme de pie, pero me he arrojado con todo lo que tenía, y casi me quedo inconsciente en el proceso. Apenas me queda energía para levantarme. Aun así, consigo girarme un poco hacia el lado y, cuando noto la hierba húmeda contra mi piel, recuerdo que no llevo puesta la camisa.

Suelto una maldición.

Esta noche no podría empeorar.

Pero entonces, en el espacio de medio segundo, mi mente alcanza mi cuerpo y la fuerza de la situación es tan intensa que casi me ciega. Una rabia caliente y salvaje me corroe, y basta para impulsarme hacia arriba y alejarme de ella. Trastabillo hacia atrás, caigo al suelo, y me golpeo la cabeza contra el tronco de un árbol.

—Hija de… —Corto mis palabras con un grito furibundo.

Nazeera gatea hacia atrás.

Sigue en el suelo, con los ojos desorbitados y el cabello suelto, liberado de su recogido. Nunca la he visto tan aterrorizada. Nunca la he visto tan paralizada. Y hay algo en la mirada dolorida de sus ojos que rebaja un poco mi ira.

Solo un poco.

—¡¿Has perdido la puta cabeza?! —grito—. ¿Qué diablos estás haciendo?

—Ay, Dios mío, lo siento mucho —se disculpa, y agacha la cabeza entre las manos.

—¡¿Que lo sientes?! —sigo gritando—. ¿Que lo sientes? Te podría haber matado.

Incluso en ese momento, incluso en ese instante terrible e increíble, tiene la osadía de mirarme a los ojos y decirme:

—Eso lo dudo.

Lo juro por Dios, mis ojos se abren tanto de ira que creo que me van a abrir la cara por la mitad. No tengo la más remota idea de qué se supone que debo hacer con esta mujer.

Ni puta idea.

—Ni… ni siquiera… —Pierdo el hilo al tiempo que procuro encontrar las palabras adecuadas—. Hay tantas razones por las que deberían, yo qué sé, mandarte a la luna con un billete de solo ida que no sé ni por dónde empezar. —Me paso las manos por el pelo, agarrando mechones enteros—. ¿En qué estabas pensando? ¿Por qué…? ¿Por qué…? —Y entonces, de repente, algo me viene a la mente. Un sentimiento frío y nauseabundo se abre paso en mi pecho, y bajo las manos. La miro—. Nazeera —susurro—. ¿Por qué estabas en mi habitación?

Se lleva las rodillas al pecho y cierra los ojos. Y solo cuando ya no puedo verle la cara, cuando apoya la frente sobre las rodillas, dice:

—Creo que es posible que este sea el momento más vergonzoso de toda mi vida.

Se me relajan los músculos. Me la quedo mirando aturdido, confundido, más enfadado de lo que he estado en años.

—No lo entiendo.

Ella niega con la cabeza. No deja de hacer ese gesto negativo.

—Se suponía que no te tenías que despertar —me dice—. Creía que ibas a dormir toda la noche. Solo quería ver cómo estabas…

Quería asegurarme de que estabas bien porque todo ha sido culpa mía y me sentía..., me sentía fatal...

Abro la boca. No emerge ninguna palabra.

—... Pero entonces te has despertado y no sabía qué hacer —continúa, levantando al fin la cabeza—. No quería... No quería...

—Menuda estupidez —le espeto—. Una mierda que no sabías qué hacer. Si de verdad estabas en mi habitación porque te preocupaba mi bienestar, te podrías haber limitado a saludarme, como una persona normal. Me habrías dicho algo como: «Ah, ¡hola, Kenji, soy yo, Nazeera! ¡Estoy aquí para asegurarme de que no estás muerto!», y yo respondería algo en plan: «Vaya, gracias, Nazeera, ¡qué bonito gesto por tu parte!», y entonces tú...

—No es tan simple —me interrumpe, negando con la cabeza de nuevo—. Es... No es tan simple...

—No —replico enfadado—. Tienes razón. No es tan simple. —Me pongo de pie y me sacudo las manos—. ¿Quieres saber por qué? ¿Quieres saber por qué no es tan simple? Porque tu historia es incongruente. Dices que has venido a mi habitación para ver cómo estaba, porque dices estar preocupada por mi salud, pero luego, a la primera oportunidad que se te presenta, le das una patada a un hombre enfermo en la espalda, lo lanzas al suelo y lo obligas a perseguirte por el bosque con el pecho descubierto.

»No —digo, con la rabia hirviéndome en el interior de nuevo—. Ni por asomo. No te importa una mierda mi salud. Tú —la señalo—, tú tramas algo. Primero las drogas en el avión y ahora esto. Estás intentando matarme, Nazeera, y no entiendo el motivo.

»¿Qué pasa? ¿No acabaste el trabajo la primera vez? ¿Has vuelto para asegurarte de que estaba muerto? ¿Es eso?

Se levanta lentamente, pero es incapaz de mirarme a los ojos.

Su silencio me está volviendo loco.

—Quiero respuestas —le exijo, temblando de furia—. Ahora mismo. Quiero saber qué cojones estás haciendo. Quiero saber por qué estás aquí. Quiero saber para quién trabajas. —Y entonces, prácticamente gritando—: ¡Y quiero saber por qué estabas en mi habitación esta noche, joder!

—Kenji —dice ella en voz baja—. Lo siento. No se me da bien esto. Es lo único que te puedo decir. Lo siento.

Estoy tan aturdido por su descaro que me encojo como respuesta.

—De verdad, lo siento —repite. Se está alejando de mí. Lentamente, pero aun así... He visto cómo corre esta chica—. Deja que me vaya a algún otro lugar a morir de vergüenza, ¿vale? Lo siento mucho.

—Quieta.

De repente, se queda inmóvil.

Intento calmar mi respiración. No puedo. Mi pecho todavía sube y baja acelerado cuando le digo:

—Tan solo dime la verdad.

—Te he dicho la verdad —repone, con los ojos centelleando de rabia—. No se me da bien esto, Kenji. No se me da bien.

—¿De qué estás hablando? Claro que se te da bien. Asesinar a gente es, digamos, el trabajo de tu vida.

Se ríe, pero suena un poco histérica.

—¿Te acuerdas —pregunta— de cuando te dije que lo nuestro no podría funcionar jamás? —Hace ese movimiento familiar, ese gesto entre nuestros cuerpos—. ¿Te acuerdas de ese día?

Algo inconsciente, algo primario que no puedo controlar, me manda una punzada de calor por todo el cuerpo. Incluso ahora.

—Sí. Lo recuerdo.

—A esto —dice ella, moviendo los brazos alrededor—. A esto es a lo que me refería.

Frunzo el ceño. Siento que he perdido el hilo de la conversación.

—No te... —Vuelvo a arrugar la frente—. ¿De qué estás hablando?

—A esto —repite, la furia tiñendo su voz—. Esto. Esto. No lo entiendes. No sé cómo... No hago estas cosas, ¿vale? Nunca. Ese día intenté decirte que yo no... Pero ahora... —Detiene sus palabras con un abrupto gesto negativo de la cabeza. Se da la vuelta—. Por favor, no me obligues a decirlo.

—¿Decir el qué?

—Que eres... —Se detiene—. Que esto es...

Espero, y espero, y sigue sin pronunciar palabra.

—¿Que soy qué? ¿Que esto es qué?

Finalmente, suspira. Y me mira a los ojos.

—Tú fuiste mi primer beso.

ONCE

Me podría haber pasado años intentando descubrir lo que me iba a decir, y nunca habría acertado.

Nunca.

Decir que estoy sorprendido es quedarme corto. Que estoy perplejo, lo mismo.

Y lo único que me viene a la mente decir es...

—Mientes.

Ella niega con la cabeza.

—Pero...

Sigue meneando lo cabeza.

—No lo entiendo.

—Me gustas —dice en voz baja—. Mucho.

Algo me invade el cuerpo, algo espeluznante. Una oleada de sentimiento. Un relámpago de fuego. Alegría. Y entonces negación, negación, abrupta y contundente.

—Y una mierda.

—Nada de mierda —susurra ella.

—Pero has intentado matarme.

—No. —Niega con la cabeza gacha—. He estado intentando demostrarte que me importas.

Solo puedo quedarme mirándola, apabullado.

—Te administré una dosis un poco más elevada de esa droga porque estaba muy preocupada por que te despertaras en el avión y consiguieras que te mataran —confiesa—. Estaba en tu habitación esta noche porque quería asegurarme de que estabas bien, pero cuando te has despertado me he puesto nerviosa y he desaparecido. Y entonces has empezado a hablar, y las cosas que has dicho eran tan preciosas que yo... —Niega con la cabeza—. No sé. La verdad es que no tengo excusa. Me he quedado porque quería hacerlo. Me he quedado y te he observado como una acosadora, y cuando me has descubierto estaba tan humillada que casi te mato.

Se cubre la cara con las manos.

—No tengo ni idea de lo que estoy haciendo —añade con un hilo de voz, y tengo que acercarme para oírla bien—. Me han preparado literalmente para cualquier situación con altos niveles de estrés que la vida me pueda poner por delante, pero no tengo ni idea de cómo corresponder como es debido a las emociones positivas. Nunca me enseñaron cómo. Nunca me enseñaron cómo hacerlo. Y, como resultado, lo he estado evitando todo.

Al fin, me mira a los ojos.

—Siempre he evitado las cosas que sabía que no se me iban a dar bien. Y eso incluye... las relaciones, la intimidad física. Es que yo... no lo he hecho. Nunca. Con nadie. Es demasiado problemático. Demasiado complicado. Hay demasiado código, demasiada basura que filtrar y descifrar. Además, la mayoría de la gente que conozco o bien son unos capullos o unos cobardes o ambas. Rara vez son auténticos. Nunca dicen lo que piensan en realidad. Y todos me mienten a la cara. —Suspira—. Menos tú, claro.

—Nazeera...

—Por favor —me suplica en voz baja—. Esto es muy humillante. Y si no te importa, no quiero alargar esta conversación más de lo absolutamente necesario. Pero te juro que después de hoy no me volveré a acercar a ti. Mantendré la distancia. Te lo prometo. Siento haberte hecho daño. No ha sido mi intención en ningún momento darte una patada con tanta fuerza.

Y se marcha.

Da la vuelta sobre sus talones y se larga sigilosamente, y me abruma algo, algo que se parece mucho al pánico cuando digo:

—¡Espera!

Ella se queda inmóvil.

Echo a correr, la agarro por la cintura y le doy la vuelta, y Nazeera parece primero sorprendida y luego insegura.

—¿Por qué yo? —le pregunto.

Se queda paralizada.

—¿A qué te refieres?

—Me refiero a… ese día, cuando me besaste. Me elegiste ese día, ¿no? Para tu primer beso.

Tras unos segundos, asiente.

—¿Por qué? ¿Por qué me escogiste a mí?

De repente, su expresión se enternece. La tensión de sus hombros desaparece.

—Porque —empieza a decir con voz suave— creo que eres la mejor persona que he conocido jamás.

—Ah.

Tomo una bocanada de aire irregular, pero no me está aportando el suficiente oxígeno. El sentimiento me invade las venas, tan rápido y caliente que ni siquiera me acuerdo de que me estoy helando.

Creo que estoy soñando.

Dios, espero no estar soñando.

—¿Kenji?

Di algo, estúpido.

Nada.

Ella suspira, el sonido llena el silencio. Y entonces baja la vista hacia el suelo que nos separa.

—Siento mucho haberte golpeado así. ¿Estás bien?

Me encojo de hombros.

—Es probable que por la mañana no pueda caminar.

Nazeera levanta la vista. En sus ojos veo algo parecido a una risa.

—No tiene gracia —le recrimino, pero yo también empiezo a esbozar una sonrisa—. Ha sido horrible. Y… Madre mía —exclamo, sintiéndome mareado de repente—. Te he intentado disparar.

Ella se ríe.

Se ríe, como si acabara de contarle un chiste.

—Te hablo en serio, Nazeera. Te podría haber matado.

Su sonrisa se desvanece cuando se da cuenta de que lo digo en serio. Y entonces me mira, me mira de verdad.

—Eso no es posible.

Pongo los ojos en blanco, pero no puedo evitar que una sonrisa me aflore a los labios por su certidumbre.

—¿Sabes? —murmura—. Creo que una parte de mí tenía la esperanza de que me atraparas.

—¿Ah, sí?

—Sí —susurra—. Si no…, ¿por qué no me he ido volando y ya?

Tardo un segundo en asimilar esas palabras.

Y entonces…

Joder.

Tiene razón. Nunca he tenido ninguna oportunidad contra esta chica.

—Eh —protesto.

—¿Qué pasa?

—Estás completamente loca, ¿lo sabías?

—Sí —afirma, y suspira.

Y, de pronto, y sin saber por qué…

Estoy sonriendo.

Con cuidado, alargo la mano y le acaricio la mejilla con la punta de los dedos. Ella tiembla con mi tacto. Cierra los ojos.

Mi corazón se detiene.

—Nazeera, yo…

Un grito salvaje y penetrante que me hiela la sangre pone fin a este momento.

DOCE

Nazeera y yo intercambiamos una mirada durante medio segundo antes de salir corriendo de nuevo. La sigo por el bosque, hacia el origen del grito, pero casi igual de rápido que ha sonado, el mundo se queda en silencio. Nos detenemos en seco, confundidos, casi tropezando en el proceso. Nazeera se gira para mirarme, con los ojos muy abiertos, pero no me está viendo en realidad.

Está a la espera. Escuchando.

De repente, se yergue. No sé qué habrá oído, pero yo no he percibido nada. Sin embargo, ya me he dado cuenta de que esta chica está fuera de mi liga; no tengo ni idea de qué otras habilidades posee. No tengo ni idea de qué es capaz de hacer. Pero lo que sí sé es que de nada sirve poner en duda su mente. No cuando estamos en situaciones de mierda como esta.

Así que cuando echa a correr de nuevo, le voy a la zaga.

Me doy cuenta de que nos estamos acercando al principio, a la entrada al campamento de Nouria, cuando tres gritos más rasgan la noche. Y de repente...

Al menos suenan cien más.

Y me percato de hacia dónde se dirige Nazeera. Va fuera. Fuera del Santuario, hacia la tierra desprotegida, donde nos podrían encontrar con demasiada facilidad, capturarnos y matarnos. Vacilo, con las antiguas dudas preguntándome si estoy loco por confiar en ella...

—Sigilo, Kenji… Ya…

Y desaparece. Respiro hondo y hago lo propio.

No tardo demasiado en comprenderlo.

Fuera de la protección del Santuario, los gritos se intensifican, se elevan y se multiplican en la oscuridad. Solo que no es de noche, aquí no. No exactamente. El cielo está dividido; la oscuridad y la luz se fusionan, las nubes se derriten por los lados, los árboles se doblan y tiemblan, se doblan y tiemblan. La tierra bajo nuestros pies ha empezado a combarse y a agrietarse, unos agujeros se forman en medio del aire, perforando la nada y el todo. Y entonces…

El horizonte se mueve.

De repente, el sol está debajo de nosotros, abrasando, cegando y fracturando una luz que es como un rayo mientras se desliza por la hierba.

Con la misma rapidez, el horizonte vuelve a su lugar.

La escena es completamente surrealista.

No puedo procesarla. Ni digerirla. La gente intenta huir, pero no puede. Están demasiado abrumados. Demasiado confundidos. Solo consiguen dar algunos pasos antes de que algo vuelva a cambiar, antes de que vuelvan a gritar, antes de que todo el mundo se vea sumergido en la oscuridad, en la luz, en la oscuridad, en la luz.

Nazeera se materializa a mi lado. Hemos desactivado nuestra invisibilidad. Parece obvio que el sigilo ya no nos sirve de nada. Aquí no. Con esto no.

Y cuando ella se gira de pronto y echa a correr, sé que se dirige hacia el campamento.

Tenemos que decírselo a los demás.

Pero, por lo visto, ya lo saben.

La veo antes de que lleguemos. Justo fuera de la entrada, iluminada desde detrás por el caos.

Juliette.

Está de rodillas, cubriéndose las sienes con las manos. Su rostro es una imagen de pura agonía y Warner está agachado a su lado, pálido y aterrorizado, con las manos sobre sus hombros, gritando algo que no alcanzo a oír.

Y entonces...

Ella grita.

Otra vez no. Por favor, Dios, otra vez no.

Pero esta vez es distinto. Esta vez, el grito va dirigido para sus adentros; es una expresión de dolor, de terror, de agonía.

Y esta vez, cuando grita, dice una única frase inconfundible:

—Emmaline. Por favor, no lo hagas...

Escríbenos a

puck@uranoworld.com

y cuéntanos tu opinión.

ESPAÑA  /MundoPuck  /Puck_Ed  /Puck.Ed

LATINOAMÉRICA   /PuckLatam

/PuckEditorial

¡Gracias por vivir otra
#EXPERIENCIAPUCK!